MW01360977

La memoria

407

DELLO STESSO AUTORE

La stagione della caccia
Il birraio di Preston
Un filo di fumo
La bolla di componenda
La strage dimenticata
Il gioco della mosca
La concessione del telefono
Il corso delle cose
Il re di Girgenti
La presa di Macallè
Privo di titolo
Le pecore e il pastore
Maruzza Musumeci
Il casellante
Il sonaglio
La rizzagliata
Il nipote del Negus
Gran Circo Taddei e altre storie di Vigàta
La setta degli angeli
La Regina di Pomerania e altre storie di Vigàta
La rivoluzione della luna
La banda Sacco
Inseguendo un'ombra
Il quadro delle meraviglie
Le vichinghe volanti e altre storie d'amore a Vigàta
La cappella di famiglia e altre storie di Vigàta
La mossa del cavallo
La scomparsa di Patò

Andrea Camilleri

La concessione del telefono

Con uno scritto di
Raffaele La Capria

Sellerio editore
Palermo

2020 Nuova edizione accresciuta

Questo volume è stato stampato su carta Palatina prodotta dalle Cartiere di Fabriano con materie prime provenienti da gestione forestale sostenibile.

Camilleri, Andrea <1925-2019>

La concessione del telefono / Andrea Camilleri ; con uno scritto di Raffaele La Capria. - Palermo : Sellerio, 2020.
(La memoria ; 407)
EAN 978-88-389-4060-6
853.914 CDD-20

CIP - *Biblioteca centrale della Regione siciliana «Alberto Bombace»*

La concessione del telefono

Dedico questo romanzo a Ruggero, a Dante, a Ninì: la loro mancanza mi pesa ogni giorno che passa

E qual rovinio era sopravvenuto in Sicilia di tutte le illusioni, di tutta la fervida fede, con cui s'era accesa alla rivolta! Povera isola, trattata come terra di conquista! Poveri isolani, trattati come barbari che bisognava incivilire! Ed eran calati i continentali a incivilirli: calate le soldatesche nuove, quella colonna infame comandata da un rinnegato, l'ungherese colonnello Eberhardt, venuto per la prima volta in Sicilia con Garibaldi e poi tra i fucilatori di Lui ad Aspromonte, e quell'altro tenentino savojardo Dupuy, l'incendiatore; *calati tutti gli scarti della burocrazia*; e liti e duelli e scene selvagge, e la *prefettura* del Medici, e i tribunali militari, e i furti, gli assassinii, le grassazioni, orditi ed eseguiti dalla nuova polizia in nome del Real Governo; e falsificazioni e sottrazioni di documenti e processi politici ignominiosi: tutto il primo governo della Destra Parlamentare! E poi era venuta la Sinistra al potere, e aveva cominciato anch'essa con provvedimenti eccezionali per la Sicilia; e usurpazioni e truffe e concussioni e favori scandalosi e scandaloso sperpero del denaro pubblico; *prefetti*, delegati, magistrati messi al servizio dei deputati ministeriali, e clientele spudorate e brogli elettorali; spese pazze, cortigianerie degradanti; l'oppressione dei vinti e dei lavoratori, assistita e protetta dalla legge, e assicurata l'impunità agli oppressori...

LUIGI PIRANDELLO, *I vecchi e i giovani*

Alcuni personaggi

VITTORIO MARASCIANNO, Prefetto di Montelusa
CORRADO PARRINELLO, suo Capo di Gabinetto poi sostituito da
GIACOMO LA FERLITA, fratello di Rosario («Sasà»)
ARRIGO MONTERCHI, Questore di Montelusa
ANTONIO SPINOSO, Delegato di Pubblica Sicurezza di Vigàta
GESUALDO LANZA-TURÒ, Comandante la Tenenza dei Reali Carabinieri di Vigàta, poi sostituito da
ILARIO LANZA-SCOCCA
PAOLANTONIO LICALZI, Appuntato dei Reali Carabinieri di Vigàta
GIUSEPPE SENSALES, Direttore generale della Pubblica Sicurezza
AMABILE PIRO, Direttore dell'Officio Disciplina della Pubblica Sicurezza
CARLO ALBERTO DE SAINT-PIERRE, Generale, Comandante l'Arma dei Reali Carabinieri in Sicilia
ARTIDORO CONIGLIARO, Sottoprefetto di Bivona
GIOVANNI NICOTERA, Ministro dell'Interno
FILIBERTO SINI, Ministro delle Poste e Telegrafi
IGNAZIO CALTABIANO, Direttore dell'Officio regionale di Palermo delle Poste e Telegrafi
AGOSTINO PULITANÒ, geometra dell'Officio Poste e Telegrafi di Palermo
CATALDO FRISCIA, Direttore dell'Officio Catastale di Montelusa

VITTORIO TAMBURELLO, Direttore dell'Officio Postale di Vigàta
CALOGERO («DON LOLLÒ») LONGHITANO, Commendatore, uomo di rispetto
CALOGERINO LAGANÀ, persona di fiducia del Commendatore
GEGÈ, altra persona di fiducia del Commendatore
ORAZIO RUSOTTO, avvocato, fratello di
RINALDO RUSOTTO, avvocato
NICOLA ZAMBARDINO, avvocato
FILIPPO («PIPPO») GENUARDI, commerciante, marito di
GAETANINA («TANINÈ»), figlia di
EMANUELE («DON NENÈ») SCHILIRÒ, marito di
CALOGERA («LILLINA») LO RE
CALOGERO JACONO («CALUZZÈ 'A FICAZZANA»), "giovane di magazzino" di Filippo Genuardi
ROSARIO («SASÀ») LA FERLITA, ragioniere, ex amico di Filippo Genuardi
ANGELO GUTTADAURO, amico di Rosario e Filippo
DOTTOR ZINGARELLA, medico di Vigàta
DON COSIMO PIRROTTA, parroco di Vigàta
SALVATORE SPARAPIANO, grossista di legnami
G. NAPPA & G. CUCCURULLO, studio legale
FILIPPO MANCUSO, piccolo proprietario terriero
MARIANO GIACALONE, piccolo proprietario terriero
GIACOMO GILIBERTO, piccolo proprietario terriero

Cose scritte uno

A Sua Eccellenza Illustrissima
Vittorio Parascianno
Prefetto di
Montelusa

Vigàta li 12 giugno 1891

Eccellenza,
il sottoscritto GENUARDI Filippo, fu Giacomo Paolo e di Posacane Edelmira, nato in Vigàta (provincia di Montelusa), alli 3 del mese di settembre del 1860 e quivi residente in via dell'Unità d'Italia n. 75, di professione commerciante in legnami, desidera venire a conoscenza degli atti occorrenti per ottenere la concessione di una linea telefonica per uso privato.
Gratissimo per la benigna attenzione che V.E. vorrà dedicare alla richiesta, si professa devot.mo in fede

Genuardi Filippo

A Sua Eccellenza Illustrissima
Vittorio Parascianno
Prefetto di
Montelusa

Vigàta li 12 luglio 1891

Eccellenza,
il sottoscritto GENUARDI Filippo, fu Giacomo Paolo e di Posacane Edelmira, nato in Vigàta (provincia di Montelusa), alli 3 del mese di settembre del 1860 e quivi residente in via dell'Unità d'Italia n. 75, di professione commerciante in legnami, osò, in data 12 giugno del corrente anno, vale a dire un mese or'è esatto, di sottoporre alla generosità e alla benevolenza di Vostra Eccellenza la richiesta di venire edotto delle pratiche indispensabili al fine d'ottenere la concessione governativa di una linea telefonica per uso privato.
Non avendo, certo per un banale disguido, ricevuta risposta veruna dall'Officio che Ella tanto equamente presiede, il sottoscritto si trova nell'assoluta necessità di dover umilmente rinnovare la domanda.
Gratissimo per la benigna attenzione che V.E. saprà

dedicare alla mia richiesta e profondamente iscusandomi per il disturbo arrecato alle Sue Alte Funzioni, mi professo devot.mo in fede

Genuardi Filippo

A Sua Eccellenza Illustrissima
Vittorio Parascianno
Prefetto di
Montelusa

Vigàta li 12 agosto 1891

Eccellenza illustrissima e riveritissima!
Il sottoscritto GENUARDI Filippo, fu Giacomo Paolo e fu Posacane Edelmira, nato in Vigàta (provincia di Montelusa), alli 3 del mese di settembre del 1860 e quivi residente in via Cavour n. 20, commerciante in legnami, temerariamente s'azzardò, in data 12 giugno corrente anno, vale a dire due mesi esatti orsono, di sottoporre alla magnifica generosità, alla larga comprensione e alla paterna benevolenza di Vostra Eccellenza una supplica onde venire informato degli adempimenti necessari (documenti, certificati, attestazioni, testimonianze, deposizioni giurate) alla formulazione di una domanda tendente ad ottenere la concessione governativa di una linea telefonica per uso privato.
Certamente per un banale disguido, che neanche lontanamente il sottoscritto si sogna d'imputare alla Re-

gia Amministrazione delle Poste e Telegrafi, non ricevuta risposta veruna si vide costretto, con estremo rammarico, a tornare a importunare l'Eccellenza Vostra in data 12 luglio corrente anno.
Nemmanco questa seconda volta gli pervenne la desiata risposta.
Certo di non meritare lo sdegnoso silenzio di Vostra Eccellenza, il sottoscritto per la terza volta si prosterna, impetrando la Vostra Augusta Parola.
Gratissimo per la benigna attenzione e profondamente iscusandomi per il disturbo arrecato alle Vostre Alte Funzioni, mi professo di V.E. devot.mo in fede

Genuardi Filippo

P.S. Come V.E. potrà dedurre dalla comparazione di questa mia con le due che l'hanno preceduta, nelle more dell'iter la mia compianta Mamma è stata chiamata dal Signore e il sottoscritto si è perciò trasferito nel di lei appartamento resosi vacante e ubicato appunto in via Cavour n. 20.

Gent.mo Rag.
Rosario La Ferlita
Piazza Dante 42
Palermo

Vigàta li 30 agosto 1891

Carissimo Sasà,
proprio ieri a sera, mentre stavamo al circolo, don Lollò Longhitano ebbe pubblicamente a parlare (anzi, a sparlare) di te. Sosteneva, don Calogero, che tu, dopo aver perso al gioco con suo fratello Nino ben duemila lire, sei scomparso dalla circolazione. Don Lollò affermava essere cosa cognita che i debiti di gioco vanno pagati entro le ventiquattro ore, ma che di ore tu te ne eri pigliate duemilacinquecentosettantadue, a tenere il conto fino alle otto di ieri a sera. Conoscendo bene il commendatore Calogero Longhitano che non è cosa di spartirci il pane assieme quando gli girano i cabasisi (e aieri sira gli fumavano) mi permisi d'intervenire in nome della nostra vecchia amicizia. Ciò facendo, sapevo il rischio che correvo: don Lollò è di periglioso contradditorio e con lui non si babbìa. Ma il sentimento della nostra amicizia fu più forte. Con molto garbo ma altrettan-

ta fermezza gli ricordai che tu sei universalmente conosciuto come persona pronta a onorare sempre gli impegni presi. Nonostante la sua risposta (che non ti trascrivo per non addolorarti), soggiunsi che tu da due mesi ti trovavi a Napoli, ricoverato in ospedale, per una grave affezione polmonare. A questo punto don Lollò mi spiò l'indirizzo dell'ospedale ed io sono riuscito in qualche modo a scansare la risposta. Tornato a casa, ho dovuto bere tre bicchierini di cognac francese e cangiarmi la camicia sudata: affrontare uno scontro col commendatore può equivalere, certe volte, a un suicidio. Son certo, però, che don Lollò tornerà alla carica per conoscere il tuo indirizzo: quelle duemila lire che tu hai tappiàto a suo fratello vuole fartele sputare. Speriamo che io, con saldo core, continui a celargli il tuo indirizzo vero, che tu hai voluto rivelarmi come arra di ferrigna amicizia.
Con la presente vengo a chiederti un favore da niente, che certamente non vorrai negarmi considerando quello che ho fatto e mi proposito di fare per te. Dovresti pregare tuo fratello Giacomino, o come si chiama quello impiegato alla Prefettura di Montelusa, di sollecitare una risposta a tre lettere da me inviate a quel grandissimo cornuto del prefetto Parascianno.
Nell'ultima mia poco mancò che gli leccassi il culo a questo spaccimme di napoletano. Desidero solo informazioni per la concessione di una linea telefonica, non gli sto domandando lo sticchio di sua sorella.
Procura di darti da fare.
Tuo

Pippo Genuardi

Ragioniere
Rosario La Ferlita
Piazza Dante 42
Palermo

Vigàta li 20 settembre 1891

Carissimo fratello Sasà,
ma si può sapere in che lacci vuoi mettermi? Vuoi la mia completa consumazione? Tu sai i sacrifici che faccio per mantenere i nostri genitori e per pagare a rate mensili i tuoi debiti e questo è il ringrazio che mi vieni a fare? Possibile che tu sia sempre una testa vacante e un malaconnùtta?
Ricevuta la tua lettera, mi rivolsi al commendatore Parrinello, Capo di Gabinetto di S.E. il Prefetto, per sollecitare la pratica del tuo degno amico Genuardi Filippo. Assai gentilmente il commendator Parrinello m'assicurò. Orbene, la mattina appresso mi chiamò nel suo studio, mi fece chiudere la porta a chiave e mi comunicò che la pratica Genuardi era nelle mani medesime di Sua Eccellenza perché la cosa non era di poco conto. Il commendatore volle anche specificarmi che

S.E. era fuori dalla grazia di Dio e mi consigliò di starmene alla larga di tutta la questione che poteva avere pericolose conseguenze.
Tìrati macari tu fòra della partita che non può essere altro che losca. Non mi parlare più di Filippo Genuardi.
Tra quattro o cinque giorni ti spedisco un vaglia di lire trecento. Ti abbraccia tuo fratello

Giacomino

Caro Pippo,
questa è la lettera che mi ha spedito Giacomino. Tutto quello che hai ottenuto è di farmi fare un liscebusso da mio fratello. Tu, qualisisiasi cosa che fai, fai danno. Non ti basta il quadriciclo a motore? Non ti basta il fonografo Edison? Ora amminchi macari col telefono? Ma lascia perdere!
Ho cambiato da tre giorni casa, non sto più a Piazza Dante, ma il nuovo indirizzo non te lo faccio sapere per evitare che tu possa trovarti imbarazzato col commendatore Longhitano.
Addio, cornuto.

Sasà

Ill.mo Commendatore
Calogero Longhitano
Vicolo Loreto 12
Vigàta

Fela li 1 ottobre 1891

Commendatore riverito,
Ella, in più occasioni, ha sempre voluto dimostrare d'onorarmi della sua particolare benevolenza, con atti e parole che mi distinguono tra la folla dei postulanti che al suo grande cuore ogni giorno s'appellano. Lei non può manco lontanamente sospettare quanto questa sua considerazione nei miei riguardi mi sia stata di sprone e di conforto.
L'altra sera, al circolo di Vigàta, lei mi chiamò in disparte per dirmi che da qualcuno aveva ricevuto l'informazione che Sasà La Ferlita era stato ricoverato in un ospedale di Napoli per un'affezione polmonare. Io, se ben ricorda, immediatamente smentii l'informazione: la storia del ricovero in ospedale era stata a bella posta diffusa da Sasà La Ferlita per sottrarsi ai suoi doveri. E in quella medesima occasione le comunicai il

vero indirizzo del La Ferlita, vale a dire Piazza Dante 42, Palermo. In quel frangente mi sono ricordato di una frase latina che la compianta mia Madre mi ripeteva in ogni occasione: «amicus Pilato, sed magis amica veritas».
Trovandomi in questi giorni a Fela per ragioni del mio lavoro, ho casualmente incontrato un amico mio e di Sasà, il quale mi ha detto d'aver saputo che il La Ferlita ha cangiato o sta cangiando di casa. Mi affretto perciò a scriverle. Se lei vuole mandare qualcuno a Palermo per convincere Sasà a pagare il debito contratto con suo fratello Nino, bisogna che faccia presto.
Il nuovo indirizzo di casa del La Ferlita non è a conoscenza del comune amico.
Mi creda di Lei devot.mo e sempre pronto ai suoi ordini,

Filippo Genuardi

P.S. Mi tratterrò ancora a Fela sino alla fine della settimana, dopo rientrerò a Vigàta. Mi perdoni se oso rivolgerle una preghiera. Dalla metà del mese di giugno del corrente anno ho rivolto un'istanza alla Prefettura di Montelusa per sapere le pratiche necessarie ad avviare la concessione di una linea telefonica.
Lei, che gode di amicizie devote, potrebbe sollecitare una risposta? Ho saputo da un amico che S.E. il Prefetto si è, senza ragione nessuna, come a dire, insospettito di questa mia richiesta. Lei mi conosce bene, vuole spiegare ai signori della Prefettura che io sono so-

lamente un commerciante in legnami che intende fare della linea telefonica un uso strettamente privato? Grato per il suo interessamento che sono certo non mancherà, mi creda ancora devot.mo

Filippo Genuardi

REGIA PREFETTURA DI MONTELUSA

Il Capo di Gabinetto

Al signor
Filippo Genuardi
Via Cavour n. 20
Vigàta

Montelusa li 7 ottobre 1891

Non abbiamo ritenuto di dover dare risposta alle sue tre lettere in data 12 giugno, 12 luglio e 12 agosto corrente anno perché balza evidente che trattasi di un suo manifesto errore.
E difatto questa Regia Prefettura non è offizio d'informazione, tanto più che Essa nulla ha a che spartire con la Regia Amministrazione delle Poste e Telegrafi cui lei avrebbe dovuto correttamente indirizzarsi.
Colgo l'occasione per precisarle che Sua Eccellenza il Prefetto di cognome nasce Marascianno e non Parascianno come lei si ostina a nomarLo.

Il Capo di Gabinetto di S.E. il Prefetto
(*Comm. Corrado Parrinello*)

(Riservata personale)

Al Grande Ufficiale
Arrigo Monterchi
Regio Questore di
Montelusa

Montelusa li 10 ottobre 1891

Egregio Collega e Amico!
Ieri che volgeva al tramonto, nel corso del magnifico ricevimento privato offertoci da Sua Ecc. Rev.ma Monsignor Gregorio Lacagnìna, nuovo Vescovo e Pastore di Montelusa, certamente ispirato dal Cielo ho trovato l'ardire di accennarVi, sia pure per sommi e troppo brevi capi, allo stato di turbamento che in questi ultimi mesi a me si è attanagliato vuoi per motivi strettamente famigliari vuoi per ragioni inerenti l'Alto Incarico a me imposto di Rappresentante dello Stato Italiano in questa, consentitemi di affermarlo per quanto mi dolga, diseredata e malvagia provincia della nostra Beneamata Italia. Per quanto attiene alla mia drammatica vicenda famigliare potrei, se Voi foste non bergamasco ma napolitano come me, riassuntarvela scrivendoVi di seguito

cinque numeri (59, 17, 66, 37, 89) e Voi avreste chiara e immediata visione dell'accaduto.
La mia seconda moglie (Eleuteria, la mia prima consorte, decedette dieci anni orsono per cholera morbus), che nomasi Agostina, di me assai più giovane, ben presto mi fu infedele (59) con un falso amico (17) perpetrando alle mie spalle un odioso tradimento (66). Essendo io stato trasferito da Salerno a Montelusa, ella, fedifraga ostinata, per non lasciare il suo drudo, pigliò la fuga (37), rendendosi irreperibile (89).
Non è chi non veda, tra i pochi ai quali mi sono confidato, in questa amarissima vicissitudine le cause profonde di un malessere e di un disamore che mi rendono difficile il quotidiano disbrigo del vivere e dell'operare. Ma tant'è.
Per sovraccarico, al mio arrivo nella Prefettura di Montelusa ho trovato l'Offizio in preda a voci, sotterfugi, trame, menzogne, sospetti, intrighi, tutti intesi ad unico scopo: quello di danneggiarmi sempre di più, pervicacemente.
Mi vien fatto inoltre di considerare la situazione politica dell'Isola (e particolarmente di quest'orrida provincia) del tutto simile a un cielo coperto da nubi spesse e minacciose, foriere d'imminenti tempeste.
Come Voi ben sapete, turbolenti e dissennati agitatori bakuniani, maloniani, radicali, anarchici, socialisti, percorrono indisturbati il Paese spandendo ovunque a piene mani il tristo seme della rivolta e dell'odio.
Che fa il solerte e vigile contadino?
Quand'egli vede nel canestro colmo d'appetitosa frut-

ta una mela marcia non esita immantinenti a gettarla via perché non infetti di sé e il contagio non si propaghi.
Di contra, qualcuno in alto loco pensa che non si debbano mettere in atto provvedimenti che altri ritener potrebbero repressivi; ma intanto, mentre si parla e discute, il mal seme alligna, mette salde ma purtroppo invisibili radici.
E difatto essi sono abilissimi nel celare frequentemente i loro turpi proponimenti sotto apparenze di civile convivere.
A mo' d'esempio, guardate queste tre lettere di tal Genuardi Filippo che in copia Vi alligo.
Esse da tre mesi non mi fanno chiudere occhio al sonno.
Quale malizia! Quanto temerario dileggio!
Perché, mi son dimandato, s'incaponisce a chiamarmi Parascianno quando il mio cognome è Marascianno?
Ci riflettei a lungo, talvolta tralasciando i doveri del mio Offizio, lo confesso, ma alfine ne venni a capo.
Questo làido individuo, cambiando con la «p» la «m» del mio cognome, in realtà allude sornione. Eh sì, perché nel vernacolo nostro parascianno (o talvolta paparascianno) intende il barbagianni. E sarà anche noto a Voi che usa sopranomarsi così persona ritenuta vecchia e noiosa.
Ma, sin qui, transeat.
Il Genuardi però, nella sua luciferina malizia, non pago d'alludere, procede a sanguinosa offesa.
Nel gergo più triviale in uso presso la malavita napolitana con parascianno (o paparascianno) si definisce un membro virile d'animalesche proporzioni.

In conclusione questo làido individuo, con l'apparentemente innocente cambio di una consonante, finisce con l'appellarmi come «grandissima testa di c...!».
E ancora: perché di lettera in lettera accentua un manifesto servilismo nei confronti della mia persona?
A che mira? In quale agguato mi sta trascinando?
Son qui a impetrare il Vostro generoso aiuto. Potreste domandare informazioni sugli orientamenti politici di questo Genuardi a qualche vostro sottoposto di Vigàta?
Io, per parte mia, farò l'istesso con la Benemerita.
Grato, e con sincera amicizia di Voi devot.mo

Vittorio Marascianno

P.S. Come avrete certamente notato nella Vostra grande intelligenza e finezza, a bella posta non volli adoperare carta intestata della Regia Prefettura. Vi prego quindi, se avrete a rispondermi, di voler ricorrere all'istesso mio accorgimento.

(*Riservata personale*)

Ill.mo Commendatore
Corrado Parrinello
Viale Cappuccini 23
Montelusa

Montelusa li 15 ottobre 1891

Colendissimo Commendatore,
il mio insostituibile predecessore, il compianto Grande Ufficiale Emanuele Filiberto Bàrberi-Squarotti, nel darmi le consegne della Regia Questura di Montelusa ebbe, del tutto privatamente, a magnificare la Sua Persona come degna di ogni fiducia e sempre pronta alla discreta collaborazione col nostro offizio nell'interesse supremo del Paese.
Fortunatamente, fino a ieri, non ho avuto necessità veruna di rivolgermi a Lei, abusando della Sua generosa disponibilità. Ma ora mi corre l'obbligo di metterla a parte di una quistione di gelosa delicatezza, per la quale mi necessita il Suo illuminato consiglio onde procedere, eventualmente, di conserva.
Ho ricevuto dal Suo Superiore, il Prefetto di Monte-

lusa Vittorio Marascianno, una riservata personale alla quale erano compiegate tre lettere a Lui indirizzate da tale Genuardi Filippo di Vigàta.
In queste tre lettere Sua Eccellenza scorgeva dileggio, insulto e sottesa minaccia.
Del tutto francamente, e in assoluta sincerità, io non ho riscontrato in tali missive alcunché di simile.
Il tono della lettera di Sua Eccellenza, invece, mi ha alquanto allarmato perché lascia intravvedere uno stato d'animo, come dire?, eccitato e perigliosamente incline a dar corpo a inesistenti ombre.
Lei comprende come, in un momento politico tanto delicato quale il presente, un'Autorità non perfettamente equilibrata, non compiutamente padrona di sé e dei suoi atti, possa rappresentare una seria fallanza, foriera d'imprevedibili sviluppi.
A Lei pertanto corre l'obbligo, il *dovere*, di parlarmene.
Ho usato la precauzione di scriverLe al Suo indirizzo privato.
Mi venga a trovare al più presto.
Con la più alta considerazione,

Arrigo Monterchi

DELEGAZIONE di PUBBLICA SICUREZZA di VIGÀTA

Al Signor Questore
di
Montelusa

Montelusa li 18 ottobre 1891

Oggetto: *Genuardi Filippo*

GENUARDI FILIPPO (inteso Pippo) – fu Giacomo Paolo e fu Posacane Edelmira, nato in Vigàta li 3 settembre dell'anno 1860 e quivi residente nella casa materna sita in via Cavour n. 20.
A lungo nullafacente, campando sulle spalle della madre vedova, da tre anni commercia in legnami.
Da cinque anni è maritato con Gaetana (intesa Taninè) Schilirò, figlia unica di Emanuele (inteso don Nenè) Schilirò, commerciante in zolfi, proprietario della miniera Tagliacozzo sita in provincia di Caltanissetta e di uno stabilimento per la raffinazione degli zolfi sito in Vigàta, via Stazione Nuova.
Emanuele Schilirò è ritenuto, a ragione, l'uomo più fa-

coltoso di Vigàta. Egli, rimasto vedovo, si è rimaritato sei anni orsono con la trentenne Calogera (intesa Lillina) Lo Re, figlia di un commerciante in zolfi di Fela. Il matrimonio, evidentemente combinato per interesse tra l'anziano Schilirò (anni sessantadue) e la giovane Lo Re suscitò in paese malevoli commenti, ben presto messi a tacere dal contegno irreprensibile della giovane signora. Fiera fu l'opposizione di Emanuele Schilirò al fidanzamento della figlia unica con uno spiantato come il Genuardi; ma tutto fu vano, egli dovette piegarsi davanti alla cieca ostinazione della figlia che tentò magari suicidio gettandosi in mare. Con la dote della moglie il Genuardi, cominciando a menare vita dispendiosa, poté aprire un magazzino di legnami. I rapporti tra lo Schilirò e il genero si mantengono entro limiti di doverosa frequentazione. Ma va aggiunto che assai spesso la signora Genuardi è costretta a intercedere presso il padre a causa delle alterne fortune commerciali del marito.
In altre parole, se il Genuardi non avesse alle spalle suo suocero, sarebbe fallito da un pezzo.
Il Genuardi, nei primi tempi del suo matrimonio, non si è certo risparmiato in relazioni adulterine di variabile durata. È risaputo tra l'altro che il Genuardi, la notte istessa delle nozze, trascorsa qualche ora con la sposa, si recò in carrozza presso l'Albergo Gellia di Montelusa e con una ballerina delle varietà in congresso carnale si convenne fino a mattino. È da rilevare però che il Genuardi, da almeno due anni a questa parte, pare abbia messo la testa a partito, mantiene difat-

to una condotta senza pecche, non gli si conoscono donne, non pratica più fugaci intrattenimenti. Di tali scappatelle la moglie è sempre stata all'oscuro; essa, tra l'altro, ha ottimi rapporti con la seconda moglie di suo padre, a lei quasi coetanea. Il Genuardi ha pure allentato l'amicizia che fraternamente lo legava al ragioniere Rosario (inteso Sasà) La Ferlita, vera sentina di ogni deboscio, pecora nera di una stimata famiglia. Suo fratello Giacomo (inteso Zagaglino per un leggero difetto di balbuzie) è un valente impiegato presso la Regia Prefettura di Montelusa.
Il suocero del Genuardi, forse valutando non sincero il ravvedimento, ha fatto assumere nel magazzino del Genuardi un suo vecchio uomo di fiducia, tale Calogero Jacono (inteso Caluzzè 'a ficazzana) che su tutto lo rapporta.
Nulla risulta ascritto a carico del Genuardi nel Casellario Giudiziale. Egli è pertanto incensurato.
Si segnala che in data 5 marzo corrente anno, in Località Inficherna, il Genuardi travolgeva il pastore Lococo Anselmo (inteso Sesè pedi di chiummu, piede di piombo, per il suo lento procedere) procurandogli la frattura del braccio sinistro e la perdita di due capre del gregge. Il Lococo però venne persuaso a non sporgere denunzia a seguito di un lauto risarcimento prontamente offerto dal signor Emanuele Schilirò.
Il Genuardi era alla guida di un quadriciclo a motore di marca Panard e Levassor che ha comprato a Parigi per una cifra altissima trattandosi praticamente di un modello unico. Sempre a Parigi, dove si era recato

con la moglie in occasione dell'Esposizione Universale del 1889, ha comprato anche un fonografo Edison con un rullo di cera che fa sentire musica se uno si porta all'orecchio un annesso tubo conduttore.
Segnalo tutto questo non per pettegolezzo vano, ma per mettere in mostra le azioni spesso quanto meno balzane del Genuardi.
Le idee politiche del Genuardi sono inesistenti. Vota seguendo le indicazioni del suocero che è uomo d'ordine. Non ha mai espresso in pubblico un'opinione.
In fede

Il Delegato di P.S. di Vigàta
(*Antonio Spinoso*)

Cose dette uno

A

(*Giacomo La Ferlita-Pippo*)

«Perché quasotto mi portò, ah, signor La Ferlita?».
«Perché questo è il vecchio archivio della Prefettura, non ci mette piede anima criata. E non ci possono vedere. Io non voglio avere rapporto con lei. Forse che mio fratre Sasà non si spiegò bene, signor Genuardi?».
«So' fratre si spiegò benissimo. Macari troppo assai».
«E allora perché lei mi viene a sconcicàre in Prefettura? Io ho un nome rispettato, sa?».
«Ma si può sapere che minchia vi pigliò a tutti voi della Prefettura contro di mia? Che feci, pisciai fòra dell'orinale?».
«E lo viene a domandare a mia? È lei che conosce quello che combinò! E sappia che non mi piace di sentire parolazze vastase!».
«Che combinai?! Niente combinai! Scrissi tre lettere al Prefetto spiandogli un'informazione e quello se la pigliò a male».

«Non ci credo che la cosa sia solo così. Il commendatore Parrinello m'è parso seriamente preoccupato».
«Se la vada a pigliare in culo lui e Sua Cillenza!».
«Senta, le ho già detto che le parolazze...».
«Va bene, dimando pirdonanza. Vengo alla scascione della mia visita. Io non sono qua per me, signor Giacomino. Sono qua per suo fratre Sasà».
«Lasci perdere a Sasà».
«Non posso! Macari potessi! È dovere d'amicizia!».
«Senta...».
«No, ora abbasta, stia a sentire lei a mia. Io devo avvertire a Sasà che c'è qualchiduno che lo cerca per levargli il pelo».
«E perché?».
«Che mi fa, il noccentino, ora? Non lo sa che so' fratre Sasà ha inculato mezzo mondo? Lo sa che deve soldi a tutta la Sicilia?».
«Lo so. Ma sta regolarmente saldando i debiti. Che portino pacienza e prima o dopo avranno narrè il denaro».
«Ma non mi faccia ridere che mi fa male il fìcato! Dunque lei non è al corrente che so' fratre Sasà, tappiando denaro a dritta e a mancina, all'urbigna, a come viene viene, tappiò duemila lire a Nino Longhitano, fratre del commendatore don Lollò?».
«Oh minchia! Oh cazzo!».
«Che fa, turpiloquia? Dice parolazze, ora?».
«Propio al fratre di don Lollò Longhitano questo sbinturato di Sasà doveva andare a tappiare duemila lire? Ma io mi domando e dico: fratello biniditto, propio dove c'è il foco vai a posare il piede?».

«Che ci vuole fare? È combinato così. Ora lei conosce benissimo che il commendatore Longhitano è persona che non ci si sgherza, vuole che so' fratello Nino sia arrispettato. Io di Sasà ho il vecchio indirizzo di Palermo, quello di Piazza Dante, il novo non ha fatto a tempo ancora a farmelo avere. Se sto ad aspettare che lui me lo scrive, capace che è troppo tardi».
«O Madunnuzza biniditta! Troppo tardi per che cosa?».
«Per quello che ha giustamente capito. Il commendatore Longhitano a Sasà non solo gli fa levare il pelo, ma macari il vizio una volta e per sempre! Sta a lei, caro signor Giacomino La Ferlita, avere o no sulla coscienza la vita di so' fratre».
«Va bene, oggi stesso gli scrivo».
«Che fa?».
«Gli scrivo».
«Ma lei dove ce l'ha la testa? Lei piglia la pinna e scrive! In prìmisi, non si sa quando è che la lettera gli arriva, è ragionato? Capace che da Vigàta a Palermo ci mette una simàna. E arriva troppo tardo. E doppo, quando il fatto è fatto e vengono i carrabbinera per il sopralloco, scoprono la sua bella letterina d'avvertimento. A questo punto, lei la sua carriera in Prefettura me la saluta. Appena lei invece si decide a dirmi dove minchia sta Sasà, io piglio il treno e vado a trovarlo. Taliasse, signor La Ferlita: io stesso sto mettendo in pericolo la mia esistenza per aiutare a Sasà. Si faccia pirsuaso».

«E va bene. Mio fratello Rosario abita in corso Tukory, sempre a Palermo. Al numero quinnici, presso famiglia Bordone».
«E ci voleva tanto? Da dove cazzo si nesci fòra da questo labirinto?».

B

(*Questore-Commendatore Parrinello*)

«La ringrazio, caro commendator Parrinello, per avere accolto con tanta sollecitudine il mio invito».
«Dovere mio, signor Questore».
«Arrivo subito al dunque. Non le nascondo d'essere rimasto molto impressionato dalla lettera che Sua Eccellenza il Prefetto Marascianno m'ha inviato. Ne prenda lei stesso visione».
«La conosco già. Il signor Prefetto si degna di farmi leggere tutto quello che scrive. Macari le sue poesie».
«Oddio, scrive versi?».
«Sissignore. Per la povera moglie defunta».
«La prima».
«Quale prima, scusi?».
«La prima moglie, no? Quella che è morta. La seconda invece gli è scappata con un tale».
«Mi perdoni, signor Questore, non capisco. Che io sappia, Sua Eccellenza ha contratto matrimonio una sola volta. Ed è dipoi rimasto vedovo».

«Ma se me l'ha scritto! L'ha letta o non l'ha letta questa benedetta lettera?».
«Me la dia un momento. No, questa lettera non me l'ha fatta vedere. È chiaro che ne ha scritta una e spedita un'altra».
«Vogliamo mettere un po' d'ordine? Secondo lei questa storia della seconda moglie fedifraga è tutta un'invenzione?».
«Direi di sì. A me comunque ha sempre detto ch'era rimasto vedovo e basta».
«Senta, non infogniamoci oltre in questa faccenda. Farò fare indagini e chiariremo. Intanto questa fantasia di una ipotetica moglie traditrice non fa altro che aggiungere legna al fuoco».
«Eh già».
«In officio come si comporta?».
«Che le devo dire? Sta calmo due o tre giorni e poi, di colpo, scatàscia».
«Prego?».
«Scoppia. Si mette a dare i numeri, letteralmente. Certe volte con me s'esprime con la smorfia, non usa parole».
«Vuol dire che comunica adoperando la mimica facciale?».
«No, signor Questore, per smorfia intendiamo, come dire, la cabala. E io, per capirlo, mi giovo di un prezioso volumetto del cavaliere De Cristallinis, stampato a Napoli una ventina di anni addietro. Una smorfia, appunto».
«O Dio mio. Senta, i postulanti, quelli che vanno a col-

loquiare col Prefetto, hanno avuto modo d'intuire qualcosa?».

«Qualcuno purtroppo sì, per quanto io stia attento a guardargli le spalle. Quando m'accorgo che per quel giorno non è cosa, trovo scuse e disdico gl'impegni. Ma non è che ci riesco sempre. Per esempio non sono riuscito a non farlo parlare col generale Dante Livio Bouchet e con il Grande Ufficiale Pipìa, Presidente del nostro Tribunale».

«Quindi questi signori si saranno certamente resi conto che... Dice di no?».

«No. Guardi, per quanto riguarda il Presidente Pipìa, non c'è assolutamente da preoccuparsi. Vede, con Sua Eccellenza Marascianno il Presidente si è incontrato che erano le quattro di dopopranzo».

«E con ciò?».

«Lei lo conosce il Presidente Pipìa?».

«L'ho incontrato due volte».

«A che ora, mi perdoni?».

«Mi ci lasci pensare. Tutte e due le volte di mattina. Ma che importanza ha l'ora?!».

«È importante. Il Presidente Pipìa, a tavola, svacanta la damigiana. Resi l'idea?».

«Per niente».

«Beve troppo, il Presidente. Alza il gomito, come si dice dalle parti sue».

«Meno male che i processi si celebrano di mattina».

«Non sempre. L'anno scorso ne tenne uno subito dopopranzo e voleva far condannare uno che aveva rubato tre patate, dico tre di numero, a trecent'anni di galera. Cento a patata».

«E come andò a finire?».
«A risata, signor Questore. Tutti, Pubblico Ministero e avvocati, fecero finta che il Presidente avesse voluto scherzare».
«Quindi resterebbe il solo Generale Bouchet».
«Lei lo conosce?».
«Gli sono stato presentato l'anno scorso in occasione della rivista militare. Ho scambiato due parole con lui».
«Mi perdoni, ma non è possibile. Lei avrà parlato e il Generale si sarà limitato a bofonchiare qualcosa. Il Generale non parla, bofonchia, si murmurìa, come si dice qua. E lo sa perché fa così?».
«Non ne ho la più lontana idea».
«Perché è sordo come una campana. Non rispondendo, se ne sta a riparo. Il Generale spiò a Sua Eccellenza: "Come va la situazione in provincia?". Allora il Prefetto, dato ch'era giornata, rispose: "È 43", che viene a dire tesa, nervosa. Il Generale dovette capire "non c'è di che" o qualche cosa di simile e s'arricciò i baffi soddisfatto».
«Che si fa, commendatore?».
«Purtroppo io non posso che allargare le braccia».
«E io nemmeno posso allargarle perché mi sono cadute. Facciamo così: pensiamoci sopra qualche giorno e poi pigliamo una decisione. Ma intanto mi raccomando, teniamoci in stretto contatto».
«A sua disposizione, signor Questore».

C

(*Don Nenè-Caluzzè*)

«Voscenzabinidica, don Nenè».
«Salutiamo, Caluzzè».
«Voscenza mi devi pirdonari si vegno a disturbarla nel suo scagno che macari Voscenza havi chi fari».
«In questo momento non ho da fare, Caluzzè. C'è cosa?».
«Sissi».
«Ahi ahi! Che minchiata nova nova combinò mio genero Pippo?».
«Nonsi, don Pippo Genuardi di recente minchiate non ne fece. Ma siccome che voscenza vole sapìri da mia tutto di tutto di tutto che càpita nel magazzino di don Pippo, suo jènniro, ci devo accomunicari che arricevette una littra della Prefettura di Montelusa».
«Riniscìsti a leggerla?».
«Sissignori. Siccome che don Pippo se ne dovette partiri per Fela, io m'attrovai tutto il tempo bisognevole per leggìrla. Ci misi una simanata scarsa».

«Che diceva la littra?».
«La littra faceva che so' jènniro don Filippo invece di arrivolgersi alla Prefettura doveva scrivìre alle Posti e Tiligrafi. Aveva fatto errori, insomma».
«E che cavolo vuole dalle Poste e Telegrafi?».
«La concezione della linea tilifonica».
«Sei sicuro d'avere liggiùto giusto?».
«La mano sul foco».
«E che se ne fa Pippo di un telefono? Con chi vuole parlare questo grannissimo dibosciato?».
«Nella littra non si diceva».
«Qua bisogna stare attenti, attentissimi. Continua a tenerlo d'occhio, Caluzzè, non lo lasciare di corto. Riferiscimi la qualunque, macari la minima».
«Voscenza non dubita».
«Tè, Caluzzè, piglia».
«Ma pirchì voscenza si vole addisturbare?».
«Piglia, Caluzzè. E mi raccomando: occhi aperti».

D

(*Pippo-Taninè*)

«Taninè, dobbiamo parlare».

«Mangia prima, Pippo, e doppo parliamo. Vedi? Ti feci le cose inguliate che tanto ti piàcino. Baccalà alla gliotta e cavoluzzi affocati nell'aceto».

«Taninè, mi devi pirdonàre, ma non me la sento di mangiare nenti di nenti. Ho i cannarozza afferrati da un groppo, per la gola il mangiare non ci passa».

«Che fu? Ti raffreddasti? Ti sta venendo la frussione? Non mi fare stare in pinsèro, Pippù!».

«Non è malatìa di corpo, Taninè, ma d'animo. Senti, mi vado a corcàre ch'è meglio».

«Propio propio non te la senti di mangiare?».

«Nooo! Te lo devo cantare in musica?».

«E va beni. Se mi devi parlare, parla».

«Taninè, ho bisogno d'aiuto».

«Io qua sono».

«Devi parlare a to' patre, a don Nenè».

«E che ci devo dire?».

«Che abbiamo necessità».
«Eh no, Pippù, io a mio patre di soldi non ce ne voglio parlare. Il Signiruzzo solo lo sapi quanto mi costò addimandargli i soldi per il quattrociclo a motore che ti era venuto il firtìcchio d'accattare! Lo sai che mi disse u papà dandomi i soldi? "Questa è l'ultima volta, dillo a quello sdisonorato nullafacenti di Pippo, to' marito". Accussì propria mi disse».
«Sdisonorato? Nullafacenti? Ma se mi rompo l'ossa dalla matina alla sira in quel fitùso magazzino di legnami! Fitùso, sissignore! Se tu avessi visto, a Fela, il magazzino dei fratelli Tanterra! Quello sì! Tre impiegati e cinque commessi! Legname che viene dal Canadà, dalla Sbezia! E io mi devo contentare di quattro tavole dalle Madonìe e di una testa di minchia di magazziniere come a Caluzzè 'a ficazzana! Io mi sento assofficare! Io mi devo ingrandire! Io mi devo espandere! Per questo tu a tuo patre ci devi parlare!».
«E torna a coppe! Nossignore, non ci parlo! Sai che m'arrisponde? "Se Pippo ha bisogno di soldi, piglia il quattrociclo a motore e se lo vende. Un altro stronzo che se l'accatta lo trova"».
«Ma siete nisciuti pazzi tu e to' patre? Il quadriciclo è rappresentevole, dona prestigio! Sai che successe a Fela quando sono arrivato a motore? Il quarantotto! L'opera dei pupi! Tutti torno torno a taliarmi! Perfino i fratelli Tanterra niscirono dal magazzino con la bocca aperta! Se me lo vado a vendere, dicono che sto fallendo, che ho l'acqua al collo».
«Ma i soldi non te li puoi fare imprestare dalla banca?».

«L'ha fatto, ma ora li vuole narrè. Non ne parliamo più, Taninè. Mi vado a corcàre, sperando di pigliare sonno. Tu che fai, vieni?».

«Sconzo la tavola, mi dugnu una lavata, dico le preghiere e vegno. Aspettami vigliante».

...

«Ah dio ah dio dio dio dio che bello che bello ah dio dio ancora ancora ancora ah dio accussì accussì accussì sì sì sì sììì moro moro moro morta sugnu morta continua Pippù continua Pippù oh dio oh dio che fai che fai pirchì ti fermi?».

«Mi stuffai, mi stancai».

«Che fai tinni nesci? Tinni nesci? No no no pi carità trasi trasi Pippù accussì accussì oh dio oh dio accussì tutta tutta ancora ancora oh dio dio...».

«Ci parli a to' patre, troia?».

«Sì sì sì sì ci parlo ci parlo dimmi ancora troia».

E

(*Pippo-Commendatore Longhitano*)

«Pippo Genuardi! Mi permette una parola?».
«Commendatore Longhitano! Che felice e fortunata combinazione! Proprio a lei venivo a cercare».
«E io stavo cercando a lei. Accussì siamo pari e patta».
«Quant'è sgherzevole lei, commendatore! Mai e poi mai riuscirò a fare patta con lei, lei mi sarà sempre superiore, io sono una formicola a paragone».
«Parlo prima io o parla lei?».
«Lei, commendatore. Rispetto dovuto».
«Dunque. L'informazione che lei l'altra sera volle cortesemente fornirmi mentre eravamo al circolo, risultò giusta. Io ci mandai due amici miei a Palermo, all'indirizzo di Piazza Dante. Ma arrivarono tardo, non lo trovarono, aveva cangiato casa, come del resto lei mi aveva avvertito con la sua lettera da Fela. Nessuno dei vicini seppe dire ai miei amici dove il ragioniere fosse andato a intanarsi, da quel sorci di fogna che è. Pacienza. Io però voglio ringra-

ziarla egualmente... A proposito, le risposero poi dalla Prefettura?».
«Sì, commendatore».
«E perché si sta facendo questa bella risata? Vuole degnarsi di spiegarmelo? Quando qualchiduno m'arride in faccia e non so spiegarmene la scascione, a mia mi piglia il nervoso».
«Mi scusasse, commendatore, domando perdono».
«Vorrei farle sapere che però il fatto che i miei amici non abbiano trovato il nostro ragioniere non significa che la partita è finita. Perché, vede, a mia nisciuno mi deve pigliare per il naso, nisciuno ci deve mettere la sputazza sopra. E il naso di mio fratello Nino, ch'è pirsona bona e cara, è il mio stesso naso. Mi spiegai?».
«A perfezione».
«Non è per le duemila miserabili lire che Sasà La Ferlita ha tappiato a mio fratello, ma per l'esempio. Mi capisce?».
«E come no. A mezza parola».
«Bravo. Quindi, se per caso lei viene a sapere dove questo grandissimo figlio di buttana si è trasferito, obbligo suo è quello d'informarmi».
«Commendatore, lei vuole offendermi senza motivo. Io conosco l'obbligo mio senza che lei me l'arricorda. Si rammenta che poco fa arridevo? Arridevo perché lei non mi ha spiato la ragione per la quale io stavo cercandola».
«E quale sarebbe? Si spieghi meglio».
«C'è picca e nenti da spiegare. Ragionier Rosario La

Ferlita. Presso Famiglia Bordone. Corso Tukory. Quindici. Palermo».

«Ne è sicuro?».

«Vangelo».

«Allora guardi: noi due non ci siamo visti, non ci siamo parlati. Nel suo stesso interesse. A buon rendere».

«Commendatore, mi scusasse la domanda. Lei conosce qualcuno a Palermo che travaglia all'amministrazione delle Poste e Telegrafi? Vede, una decina di giorni fa ho spedito una domanda...».

Cose scritte due

DELEGAZIONE di PUBBLICA SICUREZZA di VIGÀTA

Al Signor Questore
di
Montelusa

Vigàta li 25 ottobre 1891

Oggetto: *Soprannomi*

A proposito del rapporto da Ella richiestomi e da me prontamente inviatoLe circa Genuardi Filippo di Vigàta, Ella mi muove l'appunto di indulgere volontieri al superfluo. E mi porta, come indicazione, la trascrizione puntuale da me fatta del relativo soprannome ad ogni nome che ho citato.
Ne faccio ammenda, e Le prometto che da ora in avanti mi atterrò ai Suoi ordini.
Sento però la necessità di chiarirLe il senso del mio operare.
La gran parte dei siciliani debitamente registrata presso l'Officio Anagrafico con nome di battesimo e cognome, nella realtà viene fin dalla nascita appellata con un nome diverso.

Un Filippo Nuara, metti caso, sarà da tutti, a cominciare da genitori e parenti, nomato Nicola Nuara. Questo nome convenzionale, a sua volta, verrà mutato nel diminutivo di Cola Nuara.
A questo punto cominceranno a coesistere due persone distinte. Una, Filippo Nuara, avrà esistenza solo sulle carte legali; l'altra, Cola Nuara, avrà invece assoluta vita reale.
In comune, i due avranno solamente il cognome.
Cola Nuara però, assai presto, verrà dotato di quello che Ella chiama soprannome e che noi diciamo 'ngiuria, senza che ci sia alcun intento offensivo. Se, putacaso, il nostro Cola Nuara zoppica leggermente, sarà inevitabilmente «Cola u zoppu», o «Cola ticche tacche», oppure «Cola mare a prua», e via di seguito a fantasia sfrenata.
A questo punto un ignaro Messo del Tribunale di Montelusa avrà molta difficoltà a fare combaciare «Cola Nuara u zoppu» col Filippo Nuara al quale dovrebbe recapitare un avviso.
Conosco decine di persone condannate in contumacia che contumaci non erano: era stata ardua o addirittura impossibile la loro identificazione.
Solo in punto di morte (avvenuta all'età di novantatré anni) il maestro di scuola Pasqualino Zorbo apprese, con sommo stupore, di chiamarsi anagraficamente Annibale.
Il Collega Delegato di P.S. Antonino Cutrera, vanto di noi tutti per la profondità dell'ingegno e della cui amicizia mi onoro, ebbe un giorno, meco ragionando,

ad azzardare una spiegazione per un costume tanto diffuso nell'Isola.
L'uso di un nome diverso da quello anagrafico, con l'aggiunta di un soprannome ('ngiuria) noto solo entro la ristretta cerchia delle mura di un paese, obbedisce a due esigenze opposte.
La prima è quella dell'occultamento in caso di periglio: con un duplice (o triplice) nome si favorisce lo scangio di persona, si viene a ingenerare un equivoco che favorisce chi è oggetto di ricerca, quale essa sia. La seconda esigenza invece è quella di farsi, in caso di necessità, esattamente riconoscere per evitare lo scangio.
Chiedo perdono d'essermi sì tanto dilungato.
Sempre ai suoi ordini

Il Delegato di P.S. di Vigàta
(*Antonio Spinoso*)

TENENZA dei REALI CARABINIERI di VIGÀTA

A Sua Eccellenza
il Prefetto
Montelusa

Vigàta li 2 novembre 1891

Oggetto: *Genuardi Filippo*

In ottemperanza alla richiesta, la Tenenza dei RR CC di Vigàta si pregia trasmettere quanto segue attinente al nominativo in oggetto:
Genuardi Filippo fu Giacomo e fu Posacane Edelmira, nato in Vigàta il 3 settembre 1860 e quivi domiciliato in via Cavour 20, di professione commerciante di legnami, risulta essere a tutti gli effetti *incensurato*. Non ha carichi pendenti.
Purtuttavia si segnala che il Genuardi è da lungo tempo sottoposto, da questa Tenenza, a vigile attenzione.
Dopo anni di sregolatezza e di deboscio, il Genuardi, negli ultimi tempi, si è, agli occhi della pubblica opinione, ravveduto, menando vita regolare che non offre luogo a scandalo o a vociferazioni.

Questa Tenenza però nutre il sospetto che tale ravvedimento sia soltanto apparente, inteso a nascondere sotterranee mene.
Il Genuardi difatto è uomo di smodata ambizione, disposto a tutto pur di raggiungere i suoi fini. Ama, inoltre, mettersi sempre in evidenza. Prova ne sia, tra l'altro, che si è fatto arrivare dalla Francia un costosissimo quadriciclo a motore che la Ditta Panhard-Levassor che lo fabbrica ha denominato «Phaëton». Esso quadriciclo ha una capacità di 2 C.V. (cavalli vapore); trasmissione a cinghia, lampade ad acetilene. Il suo motore, funzionante a petrolio, può raggiungere la velocità di 30 chilometri all'ora.
A questa Tenenza risulta che macchine di questo tipo in tutta Italia ce ne siano solamente tre.
Non pago di ciò, il Genuardi si è fatto pervenire, sempre dalla Francia, una macchina parlante e cantante, chiamata, alla francese, «phonograph Edison».
Il Genuardi quindi, per il suo tenore di vita, necessita di molto danaro che il commercio di legnami certamente non può rendergli. Egli supplisce, ma solo in parte, facendo sovente ricorso alla magnanimità del suocero, Emanuele Schilirò, ricco e stimato commerciante.
A parte le suddette ragioni, questa Tenenza ha motivi assai più rilevanti per continuare la vigilanza sulla persona in oggetto.
Risulta infatti incontrovertibilmente che nella sua abitazione sita in via Cavour 20, per ben due volte (in data 20 gennaio e 14 marzo corrente anno) ha avuto convegno con i noti agitatori e sobillatori politici Rosario Ga-

ribaldi Bosco, siciliano, ragioniere, Carlo Dell'Avalle e Alfredo Casati, questi ultimi due milanesi, operai.
Questa Tenenza ritenne allora di non doversi procedere all'arresto mancando precise disposizioni in proposito.
In fede.
Con osservanza

Il Comandante la Tenenza dei RR CC
(*Ten. Gesualdo Lanza-Turò*)

MINISTERO delle POSTE e dei TELEGRAFI
Officio Regionale – Via Ruggero Settimo 32 – Palermo

Egr. Sig.
Filippo Genuardi
Via Cavour n. 20
Vigàta

Palermo li 2 novembre 1891

Egregio signor Genuardi,
il suo nome mi è stato segnalato dal caro amico avv. Orazio Rusotto che a sua volta intrattiene rapporti che dir fraterni è poco col Commendatore Calogero Longhitano di Vigàta.
Mi affretto pertanto a comunicarle quanto segue.
L'iter della pratica di concessione governativa per una linea telefonica ad uso privato, vale a dire non commerciale, è in genere abbastanza lungo e laborioso, abbisognando tutta una serie d'informazioni e di rilievi preliminari.
Dopo aver ottenuto tali necessarie risultanze si potrà, ma solo in caso affermativo, principiarne l'ulteriore escussione.

Cercherò, entro i limiti dei poteri discrezionali conferitimi in qualità di Direttore di questo Officio, di abbreviare il percorso della pratica.
Per intanto lei dovrà farsi rilasciare, su carta bollata, i seguenti documenti (l'avverto che la mancanza di uno solo di essi rischia d'inficiare ogni azione avviata):
1) Atto di nascita
2) Stato di famiglia
3) Estratto del Casellario giudiziale
4) Dichiarazione dell'Esattoria comunale (o dell'Intendenza di Finanza di Montelusa) dalla quale risulti la sua regolarità di contribuente
5) Attestato di buona condotta morale e civile rilasciato dalla locale Delegazione di P.S.
6) Certificato di cittadinanza italiana
7) Copia del Foglio Matricolare, a firma debitamente legalizzata del Comandante il Distretto Militare, dalla quale si evinca la sua posizione rispetto agli obblighi militari
8) Certificato catastale attestante che l'appartamento (o l'officio) presso il quale lei intende far installare l'apparecchiatura telefonica è di sua personale proprietà
oppure, in caso di fruimento in locazione:
Dichiarazione a firma legalizzata del locante dalla quale risulti che l'appartamento (o il magazzeno o l'officio) è stato a lei locato per un periodo non inferiore ad anni cinque (5)
9) Dichiarazione di accettazione (con firma autenti-

cata da Notaro) da parte di colui (o colei) presso il cui appartamento (o magazzeno o officio) dovrà essere installato l'apparecchio ricevente.
Questa Amministrazione fornisce apparecchiature telefoniche Ader-Bell; quelle per uso privato sono senza commutazione, vale a dire che l'apparecchio ricevente (e a sua volta trasmittente) potrà essere attivato solo dalla chiamata dell'apparecchio trasmittente (e a sua volta ricevente). Non è possibile quindi la chiamata su altre linee telefoniche.
L'apparecchiatura, che necessita di uno spazio sgombro a parete di almeno metri 1,50 di base per metri 2,30 di altezza, funziona a due pile. Una è destinata a formare il circuito che serve a far sonare la soneria; l'altra serve ad alimentare la corrente che circola nell'apparecchio, dal trasmettitore al ricevitore.
Se l'istanza, dopo i nostri accertamenti, avrà un seguito, lei dovrà inoltrare domanda a S.E. il Ministro previo adempimento di altri obblighi che le farò conoscere a tempo e a luogo.
Non appena avremo ricevuto i documenti richiesti, verrà a Vigàta un nostro Geometra per le stime e i rilievi di rito. Viaggio, vitto e alloggio del Geometra sono a suo totale carico. Egli è però tenuto a rilasciare regolare ricevuta.
Mi permetto d'aggiungere, a titolo assolutamente personale, che nutro la convinzione che il nostro Geometra non se la passerà male nella sua trasferta: mi dicono che a Vigàta avete delle aragoste che sono una grazia di Dio!

La prego di salutarmi caldamente il Commendator Longhitano.
Mi creda, suo

AMMINISTRAZIONE delle POSTE e dei TELEGRAFI
Il Direttore dell'Officio di Palermo
(*Ignazio Caltabiano*)

(*Riservata personale*)

Al Grande Uff.
Arrigo Monterchi
Regio Questore
Montelusa

Montelusa li 5 novembre 1891

Stimatissimo Collega e Amico!
Avendo fatto della sincerità assoluta la mia norma di vita, non posso celarvi la mia perplessità e il mio disagio nel leggere la copia della nota informativa inviatavi dal Delegato di P.S. di Vigàta e da Voi cortesemente rimessami.
Opino, sinceramente, che sia in atto una congiura ai miei danni, ordita dal noto Genuardi Filippo in combutta col Delegato Antonio Spinoso (nome che da ora in avanti terrò bene a mente).
Congiura nella quale, mi è gravoso il dirlo, anche Voi verrete ad essere implicato se darete credito e avallerete con l'Autorità vostra il menzognero rapporto propinatovi.
66 - 6 - 43!

E valga il vero.
Vi compiego facsimile della relazione inviatami, sempre da Vigàta, dal Comandante la Tenenza dei Reali Carabinieri, Tenente Gesualdo Lanza-Turò, uffiziale di splendente lealtà, discendente da Nobile Famiglia che ha donato alla Patria Martiri ed Eroi.
Dalla relazione dell'Arma Benemerita, si acclara quello che io avevo già intuito, e cioè che il Genuardi è un pericoloso affiliato di quella setta di

senza Dio
" Patria
" Famiglia
" Dignità
" Decoro
" Onestà
" Arte né parte

che si ispirano all'ateismo e al materialismo.
Attento dunque al suo prossimo comportamento.
56 - 50 - 43!

Vittorio Marascianno
Prefetto di Montelusa

Montelusa li 5 novembre 1891

Caro Commendatore Parrinello,
a mezzo di fidatissima persona le invio questo biglietto.
Ho ricevuto, questa mattina, una lettera semplicemente pazzesca nella quale colui che lei sa si attenta persino a profferire oscure minacce nei miei riguardi.
Vuole consultare quel libro che mi ha detto di possedere (mi pare si chiami smorfia) e spiegarmi il significato di questi due gruppi di numeri?
66/6/43
56/50/43
Risponda in calce a questo stesso biglietto. Meno carta si lascia in giro e meglio è. Vogliamo vederci dopodomani?
La ringrazio. Suo

Arrigo Monterchi

Illustrissimo Signor Questore,
mi affretto a disvelarle il significato dei numeri

Primo gruppo:
66 = congiura
6 = segreta
43 = socialista
Secondo gruppo:
56 = guerra
50 = nemico
43 = socialista
Ai suoi ordini per dopodomani.
Mi creda

Corrado Parrinello

Ill.mo Dottor
Ignazio Caltabiano
Direttore Officio Poste e Telegrafi
Via Ruggero Settimo 32
Palermo

Vigàta li 6 novembre 1891

Illustrissimo Direttore,
approfitto della venuta a Palermo di un mio amico per inviarle questo pensierino che, non se la pigli a male, vuole solamente metterla alla pari con il Geometra che verrà qua. Alla pari, s'intende, solo in fatto di aragoste freschissime che lei spero vorrà gustare alla mia salute.
Gratissimo per la cortesia e la sollecitudine dimostratemi, voglia gradire i miei doverosi ossequi.
Appena lo vedrò, le saluterò il Commendatore Longhitano.
Lei ringrazi da parte mia l'Avvocato Rusotto, che non ho il piacere di conoscere, per il gentile interessamento.
Suo

Filippo Genuardi

REGIA PREFETTURA DI MONTELUSA

Il Prefetto

All'Egregio Cavaliere
Artidoro Conigliaro
Sottoprefetto di
Bivona

Montelusa li 6 novembre 1891

Egregio Cavaliere,
sono venuto a conoscenza di una vasta e articolata congiura che, coinvolgendo Alti Rappresentanti dello Stato in questa Provincia, mette in periglio l'esistenza istessa della Patria!
Come lei ben sa, tutto è cominciato una ventina d'anni orsono con la sciagurata inchiesta promossa in Sicilia da Franchetti e Sonnino, inchiesta che l'illuminato Rosario Conti ebbe a definire «uno spaventevole attentato all'Unità e all'Indipendenza dell'Italia» e che il quotidiano palermitano «Il Precursore» non si peritò di bollare come «opera pericolosissima perché

ha messo avanti la questione sociale attizzando così la guerra civile e la guerra sociale».
Da allora queste due guerre s'avvicinano a grandi passi, inesorabilmente. Siamo seduti su un barile di polvere pirica, caro ed egregio amico! Torniamo alla congiura. Mi è stata segnalata la presenza, nella nostra Provincia, di aderenti alla setta socialista i quali, muniti di misteriose misture e di maleodoranti unguenti, infettano le nostre laboriose popolazioni. Dotati di minuscole e fragilissime ampolline, già in Favara essi hanno provocato una forte e diffusa influenza complicata da cefalea, vomito e diarrea.
Mi è giunta ieri voce che due di questi sciagurati, provetti chimici sotto le mentite spoglie di contadini, starebbero muovendo verso Bivona per operare presso la vostra «Regia Stazione chimico-agraria sperimentale» con la diffusione di germi atti a scatenare un'epidemia di afta.
Le segnalo che tali germi sono riconoscibilissimi: di colore rosso acceso, ognuno di loro possiede 2.402 zampette. Bisogna provvedere alla loro distruzione perché hanno grandissime capacità riproduttive.
Certo che lei, conscio del periglio, saprà essere pronto e vigile, la esalto all'opra.

S.E. il Prefetto
(*Vittorio Marascianno*)

DELEGAZIONE di PUBBLICA SICUREZZA di VIGÀTA

Al Signor Questore
di
Montelusa

Vigàta li 7 novembre 1891

Nel compiegarmi copia del rapporto inviato dal Tenente dei RR CC Gesualdo Lanza-Turò a Sua Eccellenza il Prefetto di Montelusa Lei mi domanda se sono a conoscenza della collusione di Genuardi Filippo con noti agitatori politici e, in caso affermativo, perché non abbia ritenuto opportuno segnalarLe il fatto. Ero perfettamente al corrente che i sobillatori Rosario Garibaldi Bosco, Carlo Dell'Avalle e Alfredo Casati eransi recati li 20 gennaio e li 14 marzo corrente anno in un appartamento di via Cavour n. 20 in Vigàta.
Come lei certamente ricorderà, tanto il dimissionario Governo Crispi quanto l'attuale Governo Di Rudinì, mai hanno emesso ordini di cattura a vista contro agitatori politici che si limitano ad esprimere le loro opinioni. Sono perseguibili, come qualsiasi altro cittadi-

no, solo nel caso commettano reati contemplati dal Codice Penale. Di conseguenza questa Delegazione si è attivata solamente per sorvegliare i movimenti dei tre individui e per farne rapporto all'allora Questore in carica, comm. Bàrberi-Squarotti. Le date delle due visite dei predetti rivoluzionari in via Cavour n. 20, sono, così come segnalate dal Ten. Lanza-Turò, assolutamente esatte.
Però, se sono esatte, si evidenzia immediatamente che tanto in gennaio quanto in marzo il Genuardi Filippo ancora non erasi trasferito in via Cavour n. 20 bensì abitava in via dell'Unità d'Italia n. 73 in un appartamento locato.
Difatto, sino all'1 agosto corrente anno l'appartamento di via Cavour n. 20 era abitato dalla madre del Genuardi, Posacane Edelmira in Genuardi.
Essendo defunta la signora, il figlio, con assoluta mancanza di tatto, il giorno appresso il funerale materno s'accampava nell'appartamento con la moglie.
Mi necessita a questo punto portare a Sua conoscenza che la casa sita in via Cavour n. 20 si compone di due appartamenti sovrapposti. Quello al piano terreno è tutt'ora occupato dalla signora Verderame Antonietta, nata a Catania novantatré anni orsono; quello sovrastante è l'attuale abitazione del Genuardi Filippo. Orbene, la signora Verderame Antonietta è la zia materna del sobillatore Rosario Garibaldi Bosco che nutre verso di lei sensi di tenerissimo affetto. Trovandosi in Vigàta nei giorni 20 gennaio e 14 marzo corrente anno, non poté trattenersi dall'andare a trovar-

la tutte e due le volte, dopo avere comprato nella locale pasticceria Castiglione una dozzina di cannoli di ricotta dei quali la signora Verderame, a malgrado della veneranda età, è ghiottissima.
Aggiungo, per la precisione, che nella seconda visita i signori Dell'Avalle e Casati non entrarono nell'appartamento, limitandosi ad attendere il loro compagno nell'androne (lo si desunse dai mozziconi di sigaro lasciati in loco).
Pertanto devo confermare quanto già dichiarato nel mio precedente rapporto: Genuardi Filippo non ha idee politiche e men che mai contatti con mestatori di qualsiasi genere.
Di Lei devot.mo

Il Delegato di P.S. di Vigàta
(*Antonio Spinoso*)

Apprendo in questo preciso momento che il Genuardi Filippo è stato, su preciso ordine di S.E. il Prefetto, ristretto in carcere dal Ten. Lanza-Turò.
Per amor di Dio, intervenga!
Le motivazioni che hanno portato all'arresto pare siano di natura politica; se è vero, si tratta di un'accusa campata in aria.

Cose dette due

A

(*Questore-Prefetto*)

«Per l'ennesima volta vi ripeto che si tratta di una cantonata solenne presa dal vostro Panza-Burrò o come diavolo si chiama! Il Genuardi dev'essere scarcerato immediatamente!».

«Vi proibisco formalmente, signor Questore, d'esprimervi così a proposito del discendente d'una famiglia d'Eroi!».

«Guardate, Eccellenza, che anche tra gli eroi possono trovarsi dei perfetti imbecilli. Non è questo il problema, il problema è che il Genuardi è da rilasciare, prima che l'ordine pubblico sia turbato da quest'arresto ingiustificato».

«Il mio compito è pur esso quello di mantenerlo, l'ordine pubblico! Solo che io godo di una vista più lunga della vostra. Io vedo già cosa accadrà tra qualche mese, se si lasciano questi farabutti liberi d'infettare a piacimento! 12! 72! 49!».

«Spiegatevi meglio».

«12, rivolta! 72, incendi! 49, omicidi!».
«Guardate, signor Prefetto. Certamente, in linea di principio, voi avete ragione. Però noi, quali servitori dello Stato, non possiamo agire di testa nostra, dobbiamo strettamente attenerci alle direttive. Siamo d'accordo su questo?».
«D'accordo».
«Fino ad oggi, non ci è stata data la direttiva d'arrestare a vista i sobillatori. Quindi voi, agendo d'arbitrio, vi mettete contro lo Stato. Cioè a dire, diventate automaticamente uno che tiene bordone ai sobillatori. No, non interrompetemi. Io non sono vostro nemico, tant'è che sono qui per evitarvi di fare un passo falso. Voi siete magnificamente lungimirante, un'aquila è miope al vostro confronto, ma in questo momento la vostra vista è leggerissimamente offuscata da una collera che è giusta sì, ma che però rischia di compromettere...».
«Grazie. Grazie. Grazie. Dove ho messo il fazzoletto?».
«Eccovi il mio. Suvvia, Eccellenza, animo, non piangete».
«È che il sentirmi da voi così profondamente compreso... così capito... mi sommuove... Grazie, generoso cuore!».
«Ma Eccellenza, che fate?!».
«Lasciatevi baciare le mani!».
«Eccellenza, lo potrete fare con comodo, magari domani, con calma, a casa vostra. Adesso bisogna che mandiate l'ordine d'immediata scarcerazione a Vigàta».

«Lasciatemi ventiquattro ore di tempo per pensarci sopra».
«No. Va fatto subito».
«Mi posso fidare?».
«Avete la mia parola. Eccovi la mano. O Gesù! Smettete di baciarla, via! Chiamate il vostro Capo di Gabinetto e ditegli...».
«Fra un attimo. Mi sovviene una magnifica via d'uscita. Voi mi avete testé riferito che in quella casa di via Cavour 20 abita la zia di Rosario Garibaldi Bosco?».
«Sì. Una vecchietta di novantatré anni».
«Va bene, caro collega, mi avete convinto. Lascio libero il Genuardi Filippo...».
«Iddio sia ringraziato!».
«... e metto dentro la zia».

B

(*Commendatore Longhitano-Gegè*)

«Baciamolemani, don Lollò».
«Ti saluto, Gegè».
«Don Lollò, a Pippo Genuardi arrestarono. I carrabbinera».
«S'acconosce il perché?».
«Cospirriava».
«Che faceva?».
«Cospirriava contro di lo Statu».
«Cospirava? Pippo Genuardi? Ma se Pippo Genuardi non sa manco che minchia è lo Stato!».
«Eppuro dice che lui s'appattò con Garibardi».
«Con Garibaldi?! Ma se quello fa il catafero a Caprera da una decina d'anni!».
«Don Lollò, io rifirisco solamente».
«Va beni, Gegè, stai con le orecchie aperte e riferiscimi sempre. Tornò Calogerino da Palermo?».
«Sissi. Ora ora. Andò all'indirizzo di corso Tukory che vossia gli aveva dato, ma a quel cornuto di Sasà La Fer-

lita non lo trovò. Quelli che tenevano la pinsione dissero che Sasà, qualche ora avanti che arrivasse Calogerino, aveva pigliato armi e bagagli e se n'era fujuto. Qualchiduno, pensa Calogerino, gli aveva dato avviso».

«Ah, così la pensa Calogerino? E forse non sbaglia. Senti, domani a matino presto, tu e Calogerino venite qua. Forse c'è una spiegazioni per cui non arrinisciamo mai a pigliare questo figlio di troia di Sasà La Ferlita».

C

(*Questore-Commendatore Parrinello*)

«Voleva arrestare la vecchietta, voleva! Ci ho messo tutto il pomeriggio a dissuaderlo. Così però non si può andare avanti, assolutamente, bisogna prendere un'iniziativa. Mi piange il cuore a rovinare la carriera di un galantuomo come il Prefetto Marascianno, ma io devo segnalare la grave situazione ai miei e ai suoi Superiori! C'è il rischio che combini qualcosa d'irrimediabile. È d'accordo con me, commendatore Parrinello?».

«Completamente, signor Questore. Ma il mio consiglio, dato che lei me lo chiede, è quello di attendere ancora un poco».

«Eh, no! Dopo quello che è successo con Genuardi e che poteva succedere con la vecchietta, Marascianno è capace d'ordinare l'arresto del primo che passa solo perché indossa una cravatta rossa! Poi va a finire che ci vado di mezzo io. No, qua bisogna intervenire subito».

«Signor Questore, io dicevo d'aspettare perché certamente il problema verrà risolto da altri e noi non ce l'avremo sulla coscienza».
«Di quali altri parla?».
«Mi correggo: sarà un altro a risolvere la questione».
«Chi?».
«Il Cavaliere Artidoro Conigliaro».
«E chi è?».
«Come, chi è? Il Sottoprefetto di Bivona, non ricorda?».
«Ah sì, mi sovviene. E lui sarebbe in grado di risolvere la situazione? Ne è certo?».
«La mano sul fuoco, signor Questore».
«Si spieghi meglio».
«Vede, Sua Eccellenza m'ha fatto leggere una lettera che ha ufficialmente inviata al Sottoprefetto. Però me l'ha fatta vedere dopo che l'aveva spedita, perciò non ho potuto far niente per impedirglielo».
«Che diceva nella lettera?».
«Metteva in guardia il Sottoprefetto. L'avvertiva dell'arrivo di due untori che avrebbero inquinato la Stazione agraria sperimentale che c'è a Bivona scatenando un'epidemia. Gli ha magari descritto come sono fatti i germi dell'infezione».
«E come sono fatti?».
«Secondo Sua Eccellenza sono di colore rosso vivo e ognuno possiede più di duemila zampette, non ricordo il numero esatto».
«Gesù! Però, mi scusi può darsi che questo Sottoprefetto, ricevuta la lettera, la chiuda in un casset-

to, mosso dal nostro stesso scrupolo? Dice di no? Perché?».
«Perché Artidoro Conigliaro manco conosce il significato della parola scrupolo».
«Andiamo bene! Andiamo benissimo!».
«E inoltre se potesse vedere Sua Eccellenza scorticato e messo su una graticola ballerebbe per la contentezza».
«A questo punto? E perché?».
«Le note caratteristiche. Sua Eccellenza Marascianno, con qualche ragione, gliele ha fatte pessime. Praticamente gli ha fottuto, mi scuso per la parola, la carriera».
«Quindi lei suppone che...».
«Non suppongo, ne ho la certezza. Copia della lettera di Sua Eccellenza il Prefetto indubitatamente tra qualche giorno arriverà sul tavolo, con adeguato commento, di Sua Eccellenza Giovanni Nicotera, Ministro degli Interni. Conigliaro non fallerà quest'occasione insperata per vendicarsi».
«Se le cose stanno così, mi sento, sia pure a malincuore, rinfrancato. Mi trovavo gravato l'animo a dover denunziare...».
«Le farò sapere gli sviluppi, signor Questore».

D

(*Dottor Zingarella-Taninè-Pippo*)

«Permesso? Cerco il signor Genuardi, signora».
«Malato a letto è. Lei chi è?».
«Lo so che è malato. Infatti m'è venuto a chiamare al gabinetto medico Caluzzè 'a ficazzana, l'aiutante di magazzeno di suo marito. Io sono il dottor Zingarella».
«Mi scusassi, dottori, contralluce non l'avevo raccanosciuta. Trasisse, trasisse».
«Dov'è il nostro malato?».
«In càmmara da letto, corcato. Vinisse, ci faccio strata. Pippo, il dottori Zingarella c'è».
«Buongiorno, dottore, grazie d'essere venuto».
«S'assittasse, s'assittasse».
«Grazie, signora. Che capitò, signor Genuardi?».
«Il jorno appresso a quella sbinturata storia che prima m'arrestarono e poi mi lasciarono, m'arrisbigliai con la febbre. Quanno fu che m'arrestarono, Taninè?».
«Come, quanno fu? ajeri fu! Non ci stai con la testa?».
«Mi scusasse, dottore, mi sento tanticchia strammato».

«Va bene, non si preoccupi, ora misuriamo la febbre. Il termometro se lo metta sotto l'ascella. Intanto si segga a mezzo del letto, ecco, così, e si tiri su la maglia di lana. Perfetto. Un bel respiro profondo... un altro ancora... dica trentatré... trentatré... trentatré... ora apra più che può la bocca e tiri fuori la lingua... mi dia il termometro».
«Che è grave, dottori?».
«Signora, suo marito è sano come un pesce, ha qualche linea di febbre, ma credo sia sostanzialmente dovuta all'agitazione per tutto quello che gli hanno fatto passare».
«Dottori, e queste macchie niche niche, rosse, che mi sono spuntate sopra a tutto il corpo, che sono? Taliasse qua... qua...».
«Pippo, questo sangue guastato è».
«Taninè, chi è il medico? Tu o il dottore?».
«Signor Genuardi, in carcere, a Montelusa, l'hanno messo in cella?».
«Sissi, per qualche ora. Era una cella vacante, non c'erano altri carzarati».
«C'era un paglericcio?».
«Sissi. E siccome che mi sentivo le gambe tagliate, mi ci stinnicchiai sopra».
«Ed è stato assugliato dalle pulci e dalle cimici. Se lo sono mangiato vivo».
«Maria santa, che fitinzìa!».
«Cose che càpitano, signora, le macchie passeranno da sole».
«E per la fevre che deve pigliare?».

«Macari quella se ne andrà da sola. Tanticchia di camomilla, se è agitato».
«Taninè, ce la prepari una tazza di cafè al dottore?».
«Ma no, signora, non si disturbi!».
«Ca quale disturbo. È pronto!».
«Dottore, sentisse, ne approfitto che me' mogliere non c'è. Da stamatina, da quando m'è venuta questa febbre, io non mi posso tenere. Sono le dieci del matino e l'ho già fatto tre volte».
«Mi stai dicendo che hai frequenti erezioni?».
«Proprio accussì».
«Non ti preoccupare, è una reazione naturale. Abbasso la voce perché non voglio che tua moglie ci senta. Te la sei cavata magnificamente, compagno. Bravo. Peccato che sei dovuto venire allo scoperto».
«Scusasse, dottore, ma perché mi chiama col tu?».
«Perché tra compagni si fa così. Senti, ti confido un segreto. La settimana ventura arriva in incognito De Felice Giuffrida. Devi assolutamente incontrarlo. Ti avviserò del giorno e dell'ora».
«Sentisse, dottore, ci voglio dire che con questa storia dei socialisti io...».
«Ecco il cafè!».
«Quant'è gentile, signora!».

E

(Taninè-Don Nenè-Pippo)

«Papà! Papà! Maria santa che bella sorprisa!».
«Come ti senti, Taninè?».
«Ora meglio, papà. Trasisse. Pippo, u papà ti venne a trovare!».
«Don Nenè! Che piacere! Che onore! Questa casa è onorata d'arricevere vossia per la prima volta!».
«Che hai, Pippo? Passai dal magazzeno e Caluzzè mi disse che non ti sentivi bono. Che fu?».
«Nenti, tanticchia di febbre. Il medico se ne andò ora ora. Dice che è per lo spavento che mi pigliai».
«Tutti ce lo siamo pigliati lo spavento. E io sono venuto a dimandarti scusa».
«Vossia? A mia? E pirchì?».
«Quando mi dissero che i carrabbinera t'avevano ammanettato, pinsai subito che tu avevi combinato qualche grossa minchiata. Ti ci facevo capace. Invece tu non avevi fatto nenti e io ti domando perdonanza per il malo pinsèro».

«Chi glielo disse ch'ero noccenti come a Cristo?».
«Il delegato Spinoso, ch'è una brava pirsona. Mi spiegò che il tenente dei carrabbinera fece uno scangio. Arrestò a tia invece di un altro. Che fai, chiangi?».
«Non fare accussì, Pippo di lo me' cori, che fai chiangiri macari a mia!».
«Taninè, papà, chiangio! Chiangio, sì vossia, papà, non lo può capire che significa essere nuccenti e stare in càrzaro!».
«Basta, Pippo, non fare accussì. Se Dio vole passò».
«Vossia havi ragione, papà. Passò. Posso permettermi di chiamarla papà?».
«Certo, figlio mio. Taninè, appena Pippo si sente meglio, venite a mangiare a casa mia».
«Papà, come sta Lillina?».
«Taninè, che ti devo dire? In questi giorni non si sente tanto perlaquale. Proprio domani doveva partire per Fela, non ci sa stare più di una simana lontana da so' patre e da so' matre. Invece m'ha detto che rimanda».
«Macari tu, Pippo, domani dovevi andare a Fela, vero?».
«Sì, Taninè, te l'avevo detto, avevo un appuntamento coi fratelli Tanterra per una partita di legname. Pacienza!».
«Beh, allora d'accordo. Appena ti senti bono, venite da mia. Lillina ne sarà contenta. Sta sempre in casa e non vede mai a nisciuno».
«Appena mi rimetto, veniamo».
«Taninè, m'accompagni alla porta?».
...
«Taninè, se ne andò papà?».

«Sì, Pippo».
«Dove sei, Taninè?».
«In cucina sono, Pippo».
«E che fai, Taninè?».
«Il mangiare pripàro, Pippo».
«Veni ccà, Taninè».
«Eccomi, Pippo. O Madonna biniditta, che fai tutto nudo? Mettiti sotto il linzòlo che la febbri hai, Pippo».
«Sì, la febbri ho, Taninè. Stinnicchiati, che non mi tengo».
«O Madonnuzza santa, che ti pigliò? È da stamatina all'alba che pistii nel mortaro... Sì... sì... sì... accussì... accussì...».

F

(*Commendatore Longhitano-Gegè-Calogerino*)

«Baciamolemano, don Lollò».
«Ti saluto, Gegè».
«Voscenzabinidica, don Lollò».
«Ti saluto, Calogerino».
«Don Lollò, in paisi si seppe pirchì arrestarono a Pippo Genuardi e doppo mezza jornata lo misero fòra».
«Pirchì?».
«Dice che si trattò di un equinozio per mininomininìa».
«Ti sei messo a parlare turco?».
«Permettessi, don Lollò, posso spiegare io. L'amico Gegè vole dire che a Pippo Genuardi lo carzararono per un equivoco dovuto a un'omonimia, che viene a dire quanno due pirsone si vengono a chiamare all'istesso modo e uno li scangia».
«E io che dissi, don Lollò, non dissi la stessa cosa?».
«E dunque a questo signor Genuardi, prima l'arrestano e doppo, in un vìdiri e svìdiri, abbiamo sbagliato, ci scusi tanto, vi saluto e sono. Non mi quatra».

«Manco a mia, don Lollò. A Turiddruzzo Carlesimo, che l'arrestarono puro per un'omonimia, la liggi ci mise sette mesi prima di farsi pirsuasa dello scangio».
«Stai pinsando giusto, Calogerino. Ma prima dimmi di come andarono le cose a Palermo».
«Che ci devo dire, don Lollò? Andò preciso come quella volta di Piazza Dante. Dalla casa di corso Tukory, quando arrivai io, aveva traslocato ventiquattr'ore avanti, e nisciuno seppe dirmi per dove. A mia mi pare che stanno jocando con noi come il gatto e il sorce».
«Ancora una volta la stai pinsando giusta, Calogerino. Vedi, secunno a mia, i gatti sono due: Sasà e Pippo, il quale mi fornisce informazioni fòra tempo. In parole povere: Pippo mi dice dove sta Sasà, ma contemporaneamente avverte Sasà di pigliare il fujuto. Tu arrivi e non trovi una minchia».
«E allora io a questo Pippo gli rapro la panza come a una triglia».
«Aspetta, Calogerino, non correre. Mi sto capacitando che Pippo fa così non per salvare a Sasà, ma per fottere a mia».
«Non capiscio, don Lollò».
«Capiscio io, Calogerino. Filippo Genuardi dev'essere un infame, una spia d'accordo con i carrabbinera».
«Ma se furono proprio i carrabbinera che lo misero dintra!».
«Gegè, tu per dire minchiate sei un dio! I carrabbinera l'hanno arrestato per farlo sapere a tutti che l'avevano arrestato. Ma era sicuramente una finta, fete di tiatro. La verità era che i carrabbinera volevano par-

largli a quattr'occhi, senza disturbo. Per combinarmi il trainello, lo sfondapiedi».

«E come?».

«Calogerino, la prima volta che sei andato a Palermo ce l'hai trovato a Sasà?».

«Nonsi».

«E la seconda?».

«Nonsi».

«Alla prossima, che Pippo Genuardi mi dice un terzo indirizzo, tu vai a Palermo e...».

«Non lo trovo».

«... lo trovi, Calogerino, lo trovi. Che fai, gli spari o lo scanni?».

«A seconno, don Lollò, a seconno del loco, della genti, della distanza... Macari con la mano, se è di nicissità».

«Insomma, tu fai il dovere tuo, o almeno, stai principiando a farlo, che arrivano di botto i carrabbinera che t'incatenano. E siccome che ti sanno persona mia...».

«O grannissimo figlio di fitusissima buttana fitusa! A pezzi, lo faccio, con l'accetta, come il porco che è!».

«Calma, Calogerino. Fiducia devi avere: io sono più sperto di qualsiasi Pippo Genuardi che c'è nell'universo criato. Questa partita con lui me la joco io, in prima persona».

Cose scritte tre

MINISTERO delle POSTE e dei TELEGRAFI
Officio Regionale – Via Ruggero Settimo 32 – Palermo

Egr. Sig.
Filippo Genuardi
Via Cavour n. 20
Vigàta

Palermo li 19 dicembre 1891

Caro Amico,
ho da darle una bella notizia. A seguito delle insistenti premure dell'amico Orazio Rusotto, ho a mia volta esercitato le dovute pressioni sui miei dipendenti onde accelerare l'iter della pratica che la riguarda. Abbiamo così ottenuto tutte le informazioni e i documenti che ci interessavano.
Pertanto ho concesso il nulla-osta alle ulteriori operazioni preventive alla domanda ufficiale da inoltrare a S.E. il Ministro.
Nella prima decade di gennaio dell'anno veniente, invierò a Vigàta il geometra Pulitanò Agostino il quale si tratterrà in loco per almeno una settimana onde portare a termine il progetto di palificazione.

Come già ebbi modo di scriverle, il geometra Pulitanò è a suo completo carico per quanto riguarda il viaggio Palermo-Vigàta (e ritorno), oltre alle consuete spese di vitto e alloggio.
Di questi suoi esborsi il geometra Pulitanò rilascerà, come d'obbligo, documentata quietanza.
Colgo l'occasione per augurarle un buon Natale e un felice anno nuovo.
Porga i miei rispettosi saluti al Comm. Longhitano.
Suo

MINISTERO delle POSTE e dei TELEGRAFI
Il Direttore dell'Officio
(*Ignazio Caltabiano*)

P.S. Le aragoste vigatèsi che lei ha avuto la generosità di farmi avere erano squisite! Continuo a invidiare il geometra Pulitanò per la settimana che passerà a Vigàta.

Pippo amori mio adoratto,
gioia di chisto cori Pipuzzo adoratto ca ti penzo che è notti o che è iorno e ti penzo macari che è il iorno ca viene appresso e doppo quelo ca viene appresso ancora tu manco lo puoi capiscire quando mi manchi Pipuzzo adoratto in ongi hora che dico ongi hora in ongi minutto ca pasa della iornata ca non ti pozzo abbrazzare forti forti e sintìre le to' labbra di a sopra le mie le cose Pipuzzo mio che ti sono accapitate che sei andato a finnire nello càrzaro collo sdilinguenti mi hano fatto venire la febbri che mi spuntarono le machie sulla faccia e stavo dispirata pirchì non ci capivo nenti di quelo che assucedeva trimavo tutta mi pareva di nesciri pazza la notti il letto mi pareva addiventato di foco non pighiavo sonno doppo seppi che ti era smorcata la febbri per tutte le cose che patisti nuccenti como a Christo e accossì non ci siamo potuti avvedere e alora Pipuzzo anima mia quanno è che ci pozziamo nuovamente avvidere per passare qualche orata abbrazzati stritti stritti qualche ora di filicità pirchì che tu devi assapire Pipuzzo adoratto che la vita mia senza di tia è como notti senza luna iorno senza soli pirchì

ci sono nottate che mi vengono spaventoso quanno che a lui ci piglia il firticchio che mi vuoli cercare vuole fari le cose con mia che sono mogliere sua ci vene il desidderio ma datosi che è tropo vecio non ce la fa e alora mi piglia e mi fa fare cose che mi vrigogno cose vastase che manco una butanna inzomma cose accussì che manco mi sento di dire che però ci arrinescio a fare pinzando che allo posto suo ci sei tu Pipuzzo adorrato alora tuto mi addiventa squasi facile e arrinescio a daricci tutta la sondisfazzione che mi cerca Pippo chista è la vita mia spero che arrinesci ad havere questo bighlietto di mia che ti dicce che ti penzo e spero di combbinare prima che pozzo d'arriverderci col solito sistema penzami che come ti penzo io in oghni minutto vasate vasate vasate vasate vasa...

Egr. Sig.
Filippo Genuardi
Via Cavour n. 20
Vigàta

Palermo li 20 dicembre 1891

Carissimo Pippo,
è da un pezzo che non ci vediamo. A causante di lavoro, non sono riuscito a scollarmi da Palermo per quattro mesi di seguito e penso che non ce la farò a tornare manco per Natale a Vigàta per passare le Sante Feste con mia Madre.
La causale di questo mio scritto, carissimo Pippo, è quella di tentare, te lo dico subito con quella lealtà che ha sempre contraddistinto la nostra amicizia, una mediazione riappacificatoria. E mi scappa l'obbligo d'avvertirti che l'iniziativa è tutta e solamente mia.
Vengo alla sostanza del fatto. Ho incontrato, del tutto casualmente, il comune amico Sasà La Ferlita. Venendo a discorrere del più e del meno, m'è venuto fatto di fare il tuo nome. Ho avvertito in Sasà una specie d'irrigidimento che avrebbe dovuto distogliermi dal-

l'approfondire. Al contrario io, e proprio in nome di quell'amicizia che ci ha legato (te lo ricordi che ci appellavano «i tre moschettieri»?), ho sottoposto il povero Sasà a un interrogatorio degno di un Delegato di Pubblica Sicurezza. Ne è sortita una storia confusa della quale non ho capito granché, datosi anche che Sasà mostravasi oltremodo reticente spesso rispondendo con murmuriamenti indistinti.
Ho capito però una cosa della quale sono ferreamente certo: egli non aspetta da te che un cenno, pur minimo, per buttarsi tra le tue braccia per rinnovare con ritrovato calore la vecchia amicizia.
Sasà La Ferlita abita in Palermo, vicolo delle Croci 5, presso famiglia Panarello.
Egli mi ha fatto giurare che non ti avrei mai rivelato questo indirizzo. Se commetto uno spergiuro è perché penso che l'amicizia sia la cosa più preziosa del mondo e alla quale vale sacrificare tutto.
Perché non gli mandi un bigliettino con gli auguri per il Santo Natale? Solo gli auguri e la firma tua: non ti comprometti e avrai modo di sapere come Sasà reagisce.
Ti abbraccio con immutata fraternità.

Angelo Guttadauro

Il mio indirizzo è via Clemente Capodirù 87, Palermo.

TENENZA dei REALI CARABINIERI di VIGÀTA

A S.E. il Prefetto
di Montelusa

Vigàta li 4 gennaio 1892

Oggetto: *Genuardi Filippo*

Eccellenza!
Mi corre l'obbligo d'informarLa degli sviluppi dell'indagine da questa Tenenza promossa in ordine al nominativo in oggetto, abbenché esso sia stato scarcerato dietro ordine dell'Eccellenza Vostra.
Affermammo, nel nostro precedente rapporto in data 2 novembre dell'anno testé trascorso, che ai giorni 20 di gennaio e 14 di marzo 1891, tre pericolosi agitatori socialisti (Rosario Garibaldi Bosco, Carlo Dell'Avalle, Alfredo Casati) eransi recati in via Cavour n. 20 per ivi segretamente intrattenersi con la persona in oggetto la cui madre, all'epoca, al detto indirizzo abitava.
Il Delegato di P.S. di Vigàta vigorosamente dissentì

dalla nostra ipotesi (adopero questa parola per diplomatica virtù: trattavasi invece di conclamata realtà). Egli sostenne che, al piano superiore di quello occupato dalla signora Posacane Edelmira, madre della persona in oggetto, oggi defunta, dimorava la signora Verderame Antonietta, zia materna del sunnominato Rosario Garibaldi Bosco.
Questa Tenenza è in grado di provare al contrario che addì 20 di gennaio 1891 la signora Verderame Antonietta non poteva in modo alcuno trovarsi nella sua abitazione di via Cavour n. 20 in quanto allettata già dal 15 dello stesso mese presso il Civile Ospedale di Montelusa per sopravvenuto attacco di angina pectoris. La degenza della signora Verderame Antonietta in detto Ospedale si è protratta insino alla prima decade di febbraro.
Se, come è inoppugnabile, la zia del Garibaldi Bosco era di forza assente, con chi *veramente* i tre agitatori ebbero congresso nella casa di Vigàta sita in via Cavour n. 20? La risposta è palmare.
Con perfetta osservanza

Il Comandante la Tenenza dei RR CC
(*Ten. Gesualdo Lanza-Turò*)

Egr. Sig.
Filippo Genuardi
Via Cavour n. 20
Vigàta

Palermo li 4 gennaio 1892

Carissimo Pippo,
come da tua lettera del 27 dicembre scorso anno (a proposito, ti ringrazio per gli auguri che ricambioti di cuore), la mattina del 31 dicembre, dopo avere accattato alla Vuccirìa cinque aragoste di seconda scelta, mi sono recato presso l'Amministrazione delle Poste e Telegrafi di Corso Tukory per recapitarle, come da tue istruzioni, al dottor Ignazio Caltabiano.
Scordando che la giornata del 31 era lavorativa solo a mezzo orario, trovai gli offici già vacanti, ma un custode, dietro compenso, mi fornì l'indirizzo di casa del dottor Caltabiano.
Il dottore si mostrò gratissimo per le aragoste (che per il contrattempo cominciavano a fètere) e per il disturbo che mi ero pigliato. Era contento che fossi andato a trovarlo a casa sua e non in officio perché così, mi

disse, avrebbe potuto parlarmi in assoluta libertà, senza il timore d'orecchie indiscrete.
Quello che mi ha detto cercherò di riferirtelo il più chiaramente possibile. Pare che l'Amministrazione delle Poste e Telegrafi, prima di dare l'avvio alle pratiche inerenti alla concessione di una linea telefonica privata, ha l'obbligo di alligare attestazione confidenziale sulla condotta morale e politica del richiedente. In ottemperanza a quanto richiestole, la Delegazione di P.S. di Vigàta inoltrò un'informativa ove alcunché di disdicevole risultava a tuo carico. Forte di ciò, il dottor Caltabiano si sentì in dovere di scriverti che tutto procedeva per il meglio. Orbene, il giorno appresso averti spedito la lettera rassicurante, gli pervenne, non attesa in quanto non richiesta, altra informativa della Tenenza dei RR CC di Vigàta dalla quale risultava – il dottor Caltabiano ha voluto che trascrivessi letteralmente – che «speciali accertamenti essendo in corso sulle attività politiche del Genuardi, doverosa cautela esige la sospensione, per il momento, dell'iter della concessione governativa».
Il dottor Caltabiano non potrebbe assolutamente ignorare la comunicazione della Tenenza di Vigàta. Fortunatamente è riuscito a non farla ancora protocollare. Se protocollata, l'informativa risulterebbe ufficialmente pervenuta, mentre allo stato attuale il dottor Caltabiano potrebbe sostenere di non averla mai ricevuta. E quindi procedere nell'iter basandosi solo sull'informativa della Delegazione di P.S.
Per arrischiare tanto però il dottor Caltabiano mi ha esplicitamente detto che è indispensabile che le sue spalle

siano non coperte, ma *corazzate*. Il suo consiglio è che tu ne parli seriamente al commendatore Longhitano perché concordi col suo amico Orazio Rusotto – momentaneamente ristretto alle carceri dell'Ucciardone, ma questo non porta ostacolo – una linea di condotta alla quale il dottor Caltabiano strettamente si atterrà.
Attende quindi risposta *non* scritta.
Questo è quanto. Da parte mia ti domando: si può sapere che minchia vuoi combinare con la politica? Non ti pare una strada pericolosa? Io mantengo intatta la mia amicizia con te macari se tu ti metti a dar foco alle prefetture, ma ti devi pur rendere conto che io sono un Funzionario dello Stato che ha precisi doveri.
Ti prego pertanto di non adoperarmi più per atti di corruzione o per tenere contatti con gente che mi pare francamente poco raccomandabile.
Un abbraccio

Angelo Guttadauro

Hai mandato il bigliettino d'auguri a Sasà La Ferlita? Se non l'hai ancora fatto, fallo.

REGIA PREFETTURA DI MONTELUSA

Il Capo di Gabinetto

All'Ill.mo Questore
di
Montelusa

Montelusa li 6 gennaio 1892

Signor Questore,
mi corre l'obbligo, invero sgradito, d'informarLa che S.E. il Prefetto Vittorio Marascianno ieri dopo pranzo, sortendo dall'appartamento prefettizio, sito all'ultimo piano di questa Prefettura, per portarsi al sottostante suo Officio, malauguratamente scivolava e percorreva, rotolando, ben due rampe di scale.
In seguito a questa rovinosa caduta S.E. non può parlare (gli si sono spezzati molari, canini e incisivi), non può scrivere (frattura del braccio destro), non può deambulare (rottura dei femori). Attualmente S.E. trovasi ricoverato nel civile Ospitale di Montelusa dove recomi quotidianamente a trovarLo.

Con dispaccio urgente di S.E. il Ministro Nicotera sono stato nominato facente funzione in attesa che S.E. siasi ristabilito.
Colgo l'occasione per informarLa d'aver ricevuto un rapporto aggiuntivo del Tenente dei RR CC Lanza-Turò riguardante Genuardi Filippo. Mi permetto compiegarlo.
In qualità di ff ho inviato al Tenente Lanza-Turò una comunicazione di servizio con la quale lo consiglio vivamente di non occuparsi più della faccenda. Però opino che la sua ostinazione, e soprattutto quanto emerge dal suo rapporto, possano far nascere errati convincimenti o maligne supposizioni.
Potrebbe Ella richiedere ulteriori indagini al suo sottoposto Delegato di P.S. di Vigàta?
Sempre nella giornata di ieri, un altro dispaccio ministeriale annunziava l'imminente arrivo di un Ispettore nella persona di S.E. Carlo Colombotto-Rosso, Prefetto a disposizione: non le avevo espresso la mia certezza che il sottoprefetto di Bivona avrebbe colto l'occasione per mettere in cattiva luce presso il Ministero S.E. Marascianno?
Mi creda di Lei devot.mo

Per S.E. il Prefetto
Corrado Parrinello

Gent.mo Sig.
Emanuele Schilirò
S.P.M.

Vigata li 8 gennaio 1892

Mi perdonerà se le mando questa lettera, a mezzo di Caluzzè, invece di parlarle di persona, ma ho scoperto che le parole spesso hanno il brutto vizio d'intrecciarsi tra di loro (le parole a voce) per cui uno si fa persuaso d'avere inteso cose che l'altro non si è mai sognato di dire.
Vossia deve sapere che da molto tempo ho fatto domanda per la concessione governativa di una linea telefonica a uso privato.
Ora l'Amministrazione delle Poste e Telegrafi di Palermo mi fa sapere che la pratica è a buon punto, a malgrado di una sola difficoltà che però è cosa trascurabile.
Tra le carte richiestemi dall'Amministrazione, ci deve essere una dichiarazione d'accettazione e consenso da parte della persona con la quale io desidero d'avere allacciata la linea.
Questa persona è Vossia.

Vengo e mi spiego. Ho intenzione d'ingrandire il magazzeno e la mia attività di commercio (a questo proposito sua figlia Taninè le parlerà quanto prima) e pertanto mi diventerà indispensabile il suo conforto e il suo ausilio per ogni affare che andrò a principiare.
Orfano di padre e di madre come sono, a chi posso rivolgermi se non a Vossia che con me sa essere ora comprensivo ora severo come a volte merito?
La mia intenzione sarebbe quella di fare allocare la linea dal mio magazzeno alla sua casa, dove Vossia del resto possiede già una linea telefonica a uso commerciale che le permette di parlare con la sua miniera. La cosa perciò non le porterebbe altro disturbo.
Posso contare sulla sua benevola generosità?
Occorre che la sua firma venga legalizzata da un notaro: di questo però m'occuperò io stesso.
Quale che sia la sua risposta, desidero comunque ringraziarla per la bellissima notte di Natale che ci ha fatto passare a casa sua, a me e a sua figlia, anche a merito della squisita cortesia della sua signora Lillina. Se al rintocco delle campane di mezzanotte che chiamavano alla Santa Messa io mi sono abbandonato a un pianto incontrollabile è stato perché all'improvviso mi sono tornati a mente i miei Cari Defunti. Per qualche anno avevo disperato di poter ritrovare il caldo e confortevole amore famigliare di cui la mia giovanezza è stata circondata. Allora, ignaro!, ne sconoscevo il valore.
Ebbene, l'altra notte, mentre nasceva il Bambinello Gesù, il suo benevolente sorriso, le attenzioni della signora Lillina, la commozione di mia moglie Taninè, han-

no rotto gli argini della mia resistenza. E così mi sono abbandonato all'onda dei ricordi e dei rimpianti. L'accettazione per la linea telefonica dovrebbe farmela avere al massimo entro sei giorni.
Mi permette d'abbracciarla, Papà?

Pippo

REGIA QUESTURA DI MONTELUSA

Il Questore

Al Tenente
Gesualdo Lanza-Turò
Tenenza dei RR CC
Vigàta

Montelusa li 13 gennaio 1892

Il Commendatore Corrado Parrinello, facente funzione di Prefetto di Montelusa, mi ha cortesemente rimesso copia della sua ultima nota informativa, dovuta a sua personale iniziativa, inerente il signor Genuardi Filippo commerciante di Vigàta.
In questa nota informativa lei assume posizione assolutamente difforme dalle risultanze del rapporto a me inviato dalla Delegazione di P.S. di Vigàta.
Dietro richiesta specifica del Comm. Parrinello, e per mia personale necessità di certezza, ho richiesto ulteriori indagini al Delegato di P.S. di Vigàta, Antonio Spinoso, facendogli nel contempo presente le gravissime sanzioni nelle quali sarebbe potuto incorrere ove

fossero state riscontrate, nel suo rapporto, fallaci argomentazioni o approssimative deduzioni.
Le trascrivo, senza commento, la nota inviatami dal Delegato Spinoso che di essa si assume piena responsabilità.

«Dal rapporto redatto dall'agente Mortillaro Felice che aveva ricevuto il compito di seguire discretamente le mosse dei tre sobillatori (Rosario Garibaldi Bosco, Carlo dell'Avalle, Alfredo Casati) durante la loro permanenza in Vigàta, risulta che essi, alle ore 12 addì 20 gennaio scorso anno, nello stabile di via Cavour contrassegnato col civico numero 20 (venti) di concerto recavansi. A quella data la signora Verderame Antonietta, zia materna del Rosario Garibaldi Bosco, ivi abitante, trovavasi assente in quanto ricoverata presso il Civile Ospitale di Montelusa. Di ciò ignaro, il Garibaldi Bosco mettevasi ripetutamente a bussare alla porta della Verderame senza risposta alcuna ottenere. Attirata dallo strepito (come ebbe a deporre all'agente Mortillaro che in proposito l'interrogava), la signora Posacane Edelmira, madre del Genuardi Filippo, apriva la porta della sua abitazione e, dal pianerottolo inferiore, domandava la cagione del trambusto. In risposta, un uomo alto, grosso, barbuto, di forte accento catanese, con una cicatrice sul naso (non è chi in essi non ravvisi i tratti peculiari del Garibaldi Bosco) assicurava la signora Posacane d'esser venuto a incontrare la signora Verderame Antonietta. La Posacane l'informava del sopravvenuto ricovero a Montelusa e quindi i tre, dopo aver ringraziato e salutato, s'allontanavano».

Lei ha altro da opporre a sì minuziosa ricostruzione dei fatti? Per dovere di lealtà l'avverto che ho informato il suo superiore, Generale Carlo Alberto di Saint-Pierre, Comandante l'Arma dei Reali Carabinieri in Sicilia, circa la sua inspiegabile persecuzione (ché altrimenti non può esser definita) contro un cittadino qualsiasi quale il Genuardi.

Il Questore
Monterchi

Cose dette tre

A

(*Commendatore Longhitano-Pippo*)

«Commendatore Longhitano! Beati gli occhi che la vedono! La trovo un fiore! L'ho cercata prima di Natale per farle i miei doverosi auguri, ma mi fecero sapere che sarebbe rimasto lontano da Vigàta fino ai primi di gennaio».
«Andai a Montelusa a casa di mio fratello, quello al quale il suo amico Sasà La Ferlita tappiò duemila lire, e vi passai le Sante Feste».
«Commendatore, dato che ho avuto il piacere d'incontrarla, le devo rivolgere una preghiera».
«Se posso, a disposizione, caro Genuardi».
«Prima di tutto devo ringraziarla per il vivo interessamento che l'avvocato Orazio Rusotto, da lei sollecitato, nei mesi passati ha dimostrato per la mia pratica in corso all'Amministrazione delle Poste e...».
«Ah. Orazio s'interessò?».
«Certo che s'interessò! Me l'ha fatto sapere il signor Caltabiano, il direttore, che tra l'altro la saluta».

«Grazie, ricambi. Ha fatto bene a dirmi che Orazio Rusotto s'interessò, accussì appena che mi capita l'occasione mi sdebito».
«Il debito è mio, don Lollò».
«Con Rusotto?! Con Orazio Rusotto lei non ha nessun debito! Non facciamo confusione. Sono io ad avere un debito con Rusotto, mentre lei il debito ce l'ha con me. Giusto?».
«Chiarissimo».
«E qual era la preghiera?».
«Ecco. È venuto fòra un intoppo che può ritardare la concessione del telefono. Lei sa che io sono stato arrestato, per un equivoco, dai carrabbinera di Vigàta».
«Lo seppi e assai me ne dispiacqui».
«Non potevo dubitarne. Ora, per ottenere questa biniditta concessione, è necessario che le informazioni sul mio conto, rilasciate da carrabbinera e pubblica sicurezza, non portino scritto niente di annegativo».
«Coi carrabbinera possiamo stare tranquilli».
«Perché dice accussì, commendatore? Mi vuole babbiàre?».
«Nessun babbìo, mi creda. Pensavo che i carrabbinera, magari per ripagarla del torto che le hanno fatto patire...».
«Ca quale! Hanno invece scritto al direttore Caltabiano che datosi che stanno facendo indagini su mia, per ora del telefono non è cosa».
«Ma che mi viene a contare! Cose da pazzi! Cose da non crederci! I carrabbinera fare un simile sgarro a un omo specchiato come a lei!».

«Commendatore...».
«Che c'è? Perché mi talìa accussì?».
«Commendatore, lei mi sta facendo venire i sudori freddi».
«Io? E perché?».
«Mah! Non lo saccio, ma sento nella sua voce un tono ancora di babbìo, di scòncio...».
«Ma che le viene in mente! Prima di tutto, sono arrifriddato, ho tanticchia di frussione, pigliai freddo e perciò la mia voce è quella che è; in secundis io non mi faccio spasso delle disgrazie che capitano agli altri. Pisci dentro l'orinale, signor Genuardi! Che vuole da me?».
«Mi perdonassi. Il dottor Caltabiano, tramite un amico, m'ha fatto sapere che, per il momento, è riuscito a non far protocollare il rapporto annegativo dei carrabbinera».
«Ah».
«Il quale che se non venisse protocollato, lui, Caltabiano, lo potrebbe fare scomparire, dicendo di non averlo mai ricevuto».
«Ah».
«E potrebbe dar corso alla pratica abbasandosi solo sul rapporto della pubblica sicurezza che invece è appositivo».
«Ah».
«E così la quistione si risolverebbe facilmente».
«Ah».
«Però il dottor Caltabiano mi fa notare che la cosa per lui può essere pericolosa assà».

«Ah».
«E che perciò lui, il dottor Caltabiano, per fare questo, ha di bisogno che le sue spalle siano corazzate, così ha detto».
«Ah».
«Commendatore, vossia fa solo "ah" e non mi dice altro?».
«E che ti devo dire? Non ricordo più se ti parlavo col tu o col lei».
«Mi parlasse col tu! Vossia per me come un padre è!».
«Messa accussì, la cosa diventa grossa».
«Capisco benissimo».
«Vedi, Orazio Rusotto ha spalle larghe, larghissime, può coprire mezza Palermo, se vuole, altro che Caltabiano! Ma il fatto non è questo».
«E qual è?».
«Che il mio obbligo verso Orazio Rusotto diventa più grosso e, di conseguenza, diventa ancora più grosso quello tuo verso di me. Ora, vedi, il mio debito con Orazio Rusotto posso in qualsiasi momento, non solo fino all'ultimo centesimo ma macari con gli interessi, pagarlo a soddisfazione. La domanda allora è questa: tu sei capace di fare lo stesso con me? Ne hai la possibilità? Attento a come rispondi».
«Lo pago».
«Mi devo fidare della tua parola? Perché non mi pare che fino a questo momento tu...».
«Che cosa ha vossia da rimproverarmi?».
«Per esempio che non sei stato preciso, che non hai

messo abbastanza buona volontà in una cosa che dovevi fare per conto mio».
«Commendatore, lei mi sta facendo veramente scantàre. Le assicuro che non penso d'essere in faglianza con vossia. Si spiegasse meglio, per favore».
«E va bene, ti parlo chiaro, ma non cacarti sotto. Mi sto facendo persuaso che tu e Sasà La Ferlita vi siete appattati per pigliarmi per il culo».
«O Madunnuzza beddra! L'aria mi manca! O Dio che mazzata! La testa mi firrìa! Perso sono!».
«Ti conviene non fare tiatro con mia».
«Ca quali tiatro! Dicendomi quello che m'ha detto, vossia mi sta facendo pigliare un colpo, mi sta venendo una botta di sangue! Io, appattato con Sasà! Mi scusasse, ma mi devo assittare, ho le gambe addiventate di ricotta! Ma come ci può passare per la testa, a vossia, un pinsèro come a questo! Io appattato con Sasà! Ma se per due volte le ho dato l'indirizzo di quel cornuto!».
«E per due volte, a quell'indirizzo, non l'hanno trovato! Si era trasferito allora allora! Talè, che curiosa combinazione!».
«Ma, Gesù santo, che giovamento ne avrei?».
«Cazzi tuoi».
«Allora vossia pensa che mentre con una mano le fornisco l'indirizzo di Sasà con l'altra avverto Sasà che cangi subito di casa? Capii giusto?».
«Capisti giusto».
«Maria santissima! L'aria mi finì! Un pesce a riva addiventai!».

«Talè, facciamo accussì per levare le cose di mezzo. Tu mi procuri il nuovo indirizzo del tuo amico Sasà e io mando un mio omo a cercarlo a Palermo. Se il mio omo non lo trova e gli dicono che il ragioniere cangiò allora allora di casa, a tia ti conviene farti andare a pigliare le misure per il tabuto».
«L'indirizzo nuovo di Sasà ce l'ho qua, nella sacchetta. Ma, se mi permette, per ora non glielo do».
«La pelle è tua, figlio mio».
«Non glielo do perché prima lo voglio controllare bene. Vossia questo pinsèro tinto, che io mi sia appattato con Sasà, se lo deve fare passare. Prima di darglielo, voglio essere sicuro che l'indirizzo sia quello giusto».
«E io sono pronto a riconoscere che ho sbagliato. Anzi, faccio così: mi metto subito in comunicazione con Orazio Rusotto. Ti faccio credito».
«Mi hanno detto che in questo momento l'avvocato Rusotto è ristretto all'Ucciardone».
«E che significa? Niente. Dall'Ucciardone Orazio trasi e nesci. La cosa non porta ostacolo. E di poi Orazio Rusotto è sbiquo».
«Non capii».
«Sbiquo viene a dire che Orazio può trovarsi contemporaneamente in due posti diversi. Qualcuno dice che, metti caso, la sera del giorno tale si trovava a Messina? Ebbene, ci sono cento persone che possono giurare che quella istissa sera Orazio invece si trovava a Trapani. Resi il concetto?».

B

(*Taninè-Don Pirrotta*)

«Da quand'è che non ti confessi, Taninè?».
«Da quando mi maritai, don Pirrotta».
«Accussì tanto? E perché?».
«Mah! Per la verità, non lo saccio. Si vede che il matrimonio che feci mi sviò».
«Che razza di ragionamento! Il matrimonio sacramento è! Come può un sacramento sviare dagli altri sacramenti?».
«Ragione ha. Allora forse è pirchì mio marito non ci tiene».
«Tuo marito ti dice di non venire in Chiesa?».
«Nonsi, non mi dice né ai né bai. Però una volta che stavo niscendo di casa per venire in chiesa, lui si mise a ridere e mi fece: "vieni qua che ti do i sacramenti che ti servono". E mi portò nella càmmara da letto. Accussì mi passò il pinsèro».
«Bestemmiatore! Blasfemo! Tuo marito se ne andrà ad abbrusciare nel foco dell'inferno con tutti li vistita!

Hanno ragione in paese di dire di tuo marito Pippo quello che dicono!».
«E che dicono di Pippo in paìsi, patre Pirrotta?».
«Dicono che è appattato coi socialisti! Coi peggio senza Dio!».
«Parrì, non ci credesse alle malelingue!».
«D'accordo. Però se tu mi conti le cose che mi stai contando!...».
«Sgherzava, patre Pirrotta».
«Assolvete il dovere coniugale?».
«Mah... non saccio... che viene a dire?».
«Fate quello che fanno marito e mogliere?».
«Non ammanca».
«Lo fate spesso?».
«Tre... quattro volte».
«A settimana?».
«Babbìa? Al jorno, parrì».
«Assatanato, pigliato dal diavolo è. Povira Taninè!».
«Pirchì povira? A mia mi piace».
«Che dicisti?!».
«Che mi piace».
«Taninè, ci vogliamo giocare l'anima? Non ti deve piacere!».
«Ma se mi piace che ci posso fare?».
«Devi fare in modo che non ti piace! Provare piaciri non è cosa di fìmmina onesta! Tu devi praticare con tuo marito solo con l'intenzione di fare figli. Ne avete picciliddri?».
«Nonsi, non vengono, ma li vogliamo avere».
«Senti, Taninè. Quando fai la cosa con tuo marito, ar-

ripeti mentalmente: “non lo fo per piacer mio ma per dare un figlio a Dio”. D’accordo? La fìmmina, la sposa, non deve provare piacìri perché altrimenti il rapporto col marito cangia di colpo e addiventa piccato mortale. La donna non deve godere, deve procreare».
«Patre Pirrotta, io quella cosa che disse non la posso dire».
«E pirchì, santa fìmmina?».
«Pirchì sarebbe una farfantarìa, una buscìa che direi al Signiruzzo santo. Macari quando Pippo mi si mette di darrè...».
«Eh no! Questo è peccato! La Chiesa considera piccato farlo con l’omo ante retro stando, sebbene che i figli possono nascere lo stesso».
«Parrì, ma che viene a contare? Ma quando mai! Indove che lo mette lui non nascono figli!».
«O madre santa! Mi stai dicendo che lo fa nell’altro vaso?».
«Ca quali vaso e vaso, parrì!».
«Socialista è, quant’è vero Dio!».
«Parrì, ma che ci accucchia il socialismo col vaso, come dice vossia?».
«Ci accucchia! E come se ci accucchia! Farlo nell’altro vaso è contro natura! E contro natura è macari il socialismo!».

C

(*Pippo-Commendatore Longhitano-Calogerino*)

«Commendatore, mi deve perdonare se vengo a disturbarla in casa, ma non seppi resistere».

«Successe cosa?».

«Eccome no! Stamatina ho ricevuto una littra dal signor Caltabiano nella quale mi significa che quanto prima manda un geometra da Palermo per i rilievi».

«Questo viene a dire che Orazio Rusotto ha fatto il dovere suo e ha sbrogliato la facenna. E che perciò il mio debito con lui cresce».

«E io sono qua apposta per sdebitarmi con vossia. Ho l'indirizzo giusto di Sasà La Ferlita».

«Come fa a sapere che questa volta è quello giusto? Ti davo di tu o di lei?».

«Di tu, don Lollò. L'indirizzo me lo scrisse, senza che Sasà ne sapesse niente, un comune amico. Ho qua la littra. La taliasse, per favore. La taliò? Bene. Per averne conferma, l'altro giorno sono andato alla prefettura di Montelusa, dove che ci travaglia un fratel-

lo di Sasà. Gli dissi che volevo fare la pace con Sasà, quello ci credette e mi desi conferma. Quindi due pirsone, l'una all'insaputa dell'altra, m'hanno detto l'istissa cosa».
«Allora quest'indirizzo vero sarebbe?».
«Vicolo delle Croci numero cinque presso famiglia Panarello. Come vede, il mio debito con vossia sono riuscito a pagarlo».
«Pippù, tu corri troppo».
«Non è pagato?!».
«È pagato sulla parola. Sarà pagato per davvero quando avrò trovato quel grandissimo figlio di buttana».
«Stavolta lo piglia, certu comu la morti. A proposito, se l'agguanta che gli fa?».
«Pirchì dopo la parola "morti" dicesti "a proposito"? Che minchia ti passa per la testa?».
«Don Lollò, domando perdono. Veramente. Niente mi passava. Ma siccome che, a malgrado di tutto, Sasà è amico mio...».
«Pippù, parliamoci chiaro. Tu a Sasà te lo sei venduto e io me lo sono accattato. Giusto?».
«Giusto, don Lollò».
«Ora se io m'accatto una cosa, la cosa è mia e io ne faccio quello che mi pare e piace. Giusto?».
«Giusto, don Lollò».
«Ragionaci sopra, Pippù. Salutiamo».
«Baciolemani, don Lollò».
...
«Calogerino! Veni ccà!».
«Ccà sono, don Lollò».

«Sentisti tutto?».
«Sissi. Vicolo delle Croci cinque presso Panarello. Ora istisso parto per Palermo».
«No».
«Non devo partìri?».
«No, non ripetiamo la minchiata delle altre volte. Se è vero quello che penso, Pippo Genuardi in questo preciso momento sta avvertendo a Sasà, macari con un telegramma, e quello cangia nuovamente di casa. Tu stavolta lasci passare una decina di jorna e doppo, alla scordatina, t'apprisenti a vicolo delle Croci. Se non ce lo trovi, passi da corso Tukory e se là non c'è manco, vai a vidìri a piazza Dante. Ti fai insomma, a riversa, tutte le abitazioni dov'è stato».
«Don Lollò, vossia tiene una testa grossa accussì! E se lo trovo, che gli faccio?».
«Tagliagli la faccia. E basta».
«Ma datosi che mi ci trovo...».
«No, Calogerino. Mi scanto di Pippo Genuardi. Se sa che Sasà La Ferlita è stato ammazzato, capace che gli piglia scrupolo e fa qualche alzata d'ingegno».

D

(*Questore-Delegato*)

«La ringrazio, delegato, per questa sua esauriente relazione sulla situazione portuale di Vigàta. Ne terrò debito conto. Se non c'è altro, può andare. La vedo esitante. Ha altro da dirmi?».
«Signor Questore, se parlo, è solo per mettere le mani avanti. Vede, in paese è nata una filàma...».
«Prego?».
«Una dicerìa, signor Questore. Io non sono portato a dare peso alle dicerie, ma se questa storia arriva alle orecchie del tenente Lanza-Turò quello capace che ci ricama un rapporto di venti pagine, lo manda a Sua Eccellenza il Prefetto e siamo daccapo a dodici».
«Allora è una storia che riguarda il Genuardi!».
«Esattamente. Che faccio, gliela dico?».
«E sentiamola!».
«Alla signora Taninè Genuardi, ch'era andata a confessarsi, padre Pirrotta ha negato l'assoluzione. La cosa ha fatto molto rumore in paese».

«Mi lasci capire. Questo padre Pirrotta avrebbe detto d'aver negato...».
«No, signor Questore, padre Pirrotta pubblicamente niente disse. Ma è persona di facile arraggio, perde la calma e si mette a gridare. Quella volta, che aspettava il suo turno vicina al confessionale, c'era la vedova Rizzopinna, ch'è una grandissima strucciolèra...».
«Prego?».
«Una che s'impiccia dei fatti degli altri e li racconta. Sentì tutta la faccenda tra padre Pirrotta e la signora Genuardi e in un fiat ne fece bando paìsi paìsi».
«Ma insomma, cosa ha fatto di tanto grave la signora Genuardi?».
«Pare che il Genuardi Filippo, ogni volta che assolve al debito coniugale, si tinge il membro di rosso per parere un diavolo e possiede la moglie contro natura gridando: viva il socialismo!».
«E che c'entra la signora?».
«Pare che acconsenta con gusto».
«Ma via! Siamo seri! Lei ci crede a una storia come questa?».
«Io no, ma la gente sì. E la vuole sapere una cosa, signor Questore? Se appresso al Genuardi, oltre ai Carabinieri, ci si è messa macari la Chiesa, io a quello lo vedo fottuto, mi perdoni l'espressione».

E

(*Tenente Lanza-Turò-Generale Saint-Pierre*)

«Tenente Gesualdo Lanza-Turò a rapporto, signor Generale!».

«Tenente carissimo! Comodo, comodo. Lo sa che il mese scorso, a Roma, nel salotto dei marchesi Baroncini, ho avuto il piacere d'incontrare la siniora contessa sua madre? Gran bella donna, sua madre, Tenente!».

«Come sta la mamma, Generale?».

«Sta bene, fioeu mio. La siniora contessa m'ha fatto capire che ha un solo cruccio, quello che lei è lontano».

«Dovrà rassegnarsi. Il dovere».

«Guardi, Tenente, che ho deciso di venire incontro ai desiderata della siniora contessa».

«E cioè?».

«Tagliamola corta che è melio. Lei, il mese prossimo, raggiungerà Napoli. Piglierà servissio col colonnello Albornetti, valoroso uffiziale. Sono stato bravo, neh? La siniora contessa ne sarà felice».

«Se mi permette, Generale Saint-Pierre, io lo sono un po' meno».
«E perché, fioeu mio?».
«Non c'è, sotto a questo mio trasferimento, lo zampino del Questore di Montelusa?».
«Tenente, lasii perdere che è melio».
«È mio diritto sapere dove è che ho sbagliato».
«Ma lei non ha sbaliato! Non sia pi lông che n'dì sensa pan!».
«Mi permetto d'insistere».
«Tenente, lasii...».
«Lei può mandare un'ispezione che...».
«O basta là! Che ispesione e ispesione! Lei è un tarlucco, lo vuole capire o no? Un coglione! Prima di prendere questo provvedimento ho parlato col suo superiore, il maggiore Scotti. Le risparmio quello che mi ha detto. Lei ha una testa tanto dura da abbattere un muro a testate! Si levi dalle palle e ringrasii la siniora contessa sua madre se non lo sbatto in fortezza!».
«Agli ordini, signor Generale».

Cose scritte quattro

MINISTERO delle POSTE e dei TELEGRAFI
Officio Regionale – Via Ruggero Settimo 32 – Palermo

Gent.mo Sig.
Filippo Genuardi
Via Cavour n. 20
Vigàta

Palermo li 1 febbraio 1892

Gentile e caro amico,
al mio rientro a Palermo, dopo la troppo breve ma graditissima permanenza a Vigàta per i sopralluoghi e i rilievi, mi sono affrettato, almeno per ricambiare solo in parte le squisitezze da lei usatemi, a completare i conteggi circa il tracciato che la linea telefonica dovrà seguire.
Mi è d'obbligo premettere però quanto segue: se lei avesse voluto una linea che andasse dal suo magazzeno a quello di suo suocero, tutto sarebbe stato meno complicato. Desiderando lei invece collegarsi con l'abitazione di costui, il tracciato viene a presentare qualche problema di percorso, in quanto detta abitazione

è una villa che sorge fuori paese, in contrada Infurna. Ad ogni modo, mappa topografica alla mano, e seguendo il principio che la retta è la via più breve tra due punti, ho delineato uno schema di palificazione che le alligo in copia.
Essendo la distanza tra il suo magazzeno e l'abitazione di suo suocero di tre chilometri esatti e dovendo noi, per superiori ferree disposizioni, allocare un palo a ogni cinquanta metri di cavo, ne consegue che i pali occorrenti assommano in tutto a cinquantotto (58). Ho segnato sulla mappa alligata, con puntolini a inchiostro rosso, dove vanno esattamente collocati i pali. Naturalmente i pali e il cavo devono essere richiesti a questa Amministrazione che li fornirà previo pagamento. Anche il trasporto via stradaferrata è a suo carico.
La messa in opera di pali e cavo non è operazione semplice che possa essere fatta da chiunque, un minimo errore può vanificare tutto il lavoro fatto. Le propongo d'interpellarmi al momento opportuno.
Lei adesso dovrà farsi rilasciare la mappa relativa dall'Officio Catastale e da essa evincere i nomi dei diversi proprietari degli appezzamenti sui quali passerà la palificazione proposta e mettersi d'accordo con loro per la valutazione della servitù. Difatti, trattandosi di una linea ad uso privato, non è previsto l'intervento comunale e meno che mai quello prefettizio (esproprio).
Ci mandi le attestazioni (giurate) degli accordi raggiunti con i diversi proprietari. Appena ne saremo in

possesso, le spiegherò come far domanda perché la palificazione venga posta in essere.
Cordialissimi saluti

Il Geometra incaricato
(*Pulitanò Agostino*)

P.S. Quando ho raccontato al dottor Caltabiano quello che mi ha fatto mangiare e bere mentre mi trovavo a Vigàta, per poco non è caduto a terra svenuto. Per carità, provveda: non lo faccia morire d'invidia!

DITTA SALVATORE SPARAPIANO

Segheria - Ingrosso legnami - San Volpato delle Madonie

Signor
Filippo Genuardi
Magazzeno legnami
Vigàta

San Volpato li 2 fibbraro 1892

Egreggio Sigorre,
sono tre ani che lei si fonnisce dalla mia Dita per il lignami che lei vende a Vigàta. In questi tre ani di raporti commercialli la nostra Dita non a che avuto a lamentiarsi di lei, salvo che qualchi piccollo pagamento di ritardo.
Vengo a lei con questa mia per dirle che la nostra Dita non vuolle più avere nenti a che fari con lei e quinnindi lei poterà arrivolgersi a qualche atro grossista.
La raggione di questa decisione della Dita non a scascione comerciale o di mancanza di affiducia, che anzi lei, a malogrado di qualche piccollo pagamento di ritardo, lei è sempre stato un gradito gliente.

Lei non tiene motivo di sapere come sta la cosa nella famiglia mia e perciò io vengo a spigargliela. Il patre di mio patre, Gesualdo Sparapiano, sempre contrastò gl'infammi Barboni ed ebbe a patire per questa raggione càrzaro duro e vagabonnaggio in terra stranera, precisamente Marsiglia di Francia. La bonarma di mio padre, Michele Sparapiano, agli ordini del magiore Dezza che dipinneva dal ginnirale Nino Biscio, fece parti dei garibardini che astutarono la rivolta di Bronte. E di questo fatto mio patre ne fu gorgoglioso per tuta la vita, essendosi i brontesi, come disse il ginnirale Biscio, colpevoli di allesa umanità. Tuto questo io le rapresendo non per fare vanto della mia familia ma per dirle quelo che siamo venuti a arrisapere circa la sua pirsona e il pinsèro che lei porta.
Una littra annomina ci fece informazione che lei bazzicava con genti che non vole bene al paìsi nostro che si chiamano ora anacchisti ora socialisti e vogliono spartìrisi fìmmine, case e poprietà.
I Sparapiano non voliono nenti avere chiffari con genti di questo pinsèro che è cosa di mali e che porta fame, rovina e morti. Datosi che i Sparapiano sono genti che nelli cose de la vita ci vanno di passo lento, pinsantocci e ripinsantocci, abbiamo ascritto al Tinenti dei Carrabbinera di Vigàta, spiando informazione su come lei la penza ma la littra del Tinenti macari se non diciva espresso come lei la penza faceva l'istisso accapire come lei la penza scrivendo paroli che giravano come la coda di un porco ma che assignificavano quello che volevano assignificare.

Datosi però che macari i galantommini pozzono avere malo dire con i carrabbinera, una cuscina della mia Sigora, la Sigora Vento Giuseppa che per maritaggio abbita a Montelusa, venne da mia incarricata di pigliarisi il distubbo di vinire al paìsi di Vigàta in un jorno festevole e di parlare con patre parroco che di nomo fa Pirrotta. Patre parroco Pirrotta, quanno che la sigora Vento Giuseppa ci fece il nomo suo che sarebbe Genuardi Filippo, isò disperato i gliocchi al celo e si fece tre volte il Signo della Santa Croce.
Questo per dirle.
Epperciò lei si persuade come e qualmente la Dita Sparapiano non ci manderà più lignami.
Restiamo in atesa di liri setticento a saldo di priciden-ti fornitura.
Distinto saluta

Sparapiano Salvatore

AMMINISTRAZIONE POSTE e TELEGRAFI di STATO
Officio accettazione telegrammi
Fela

TELEGRAMMA

Parole: 71 Destinazione: VIGÀTA Giorno: 6/2 Ore: 11,30
Nome e indirizzo del destinatario: CAVALIERE EMANUELE SCHILIRÒ
CONTRADA INFURNA

CASUALMENTE INCONTRATA SIGNORA ENRICHETTA SORELLA SUA SIGNORA LILLINA CHE RECAVASI OFFICIO POSTALE PER INVIARLE TELEGRAMMA ME NE SONO FATTO CARICO IO STOP SIGNORA LILLINA COMUNICALE CHE EST LEGGERMENTE INDISPOSTA ET NON RIPETO NON POTRÀ RIENTRARE VIGÀTA DATA PREVISTA STOP SARÀ COSTRETTA TRATTENERSI ANCORA FELA PER QUALCHE GIORNO STOP PREGOLA AVVERTIRE TANINÈ MIO

RIENTRO MARTEDÌ PROSSIMA SETTIMANA STOP GRAZIE SALUTI

FILIPPO GENUARDI

Nome e indirizzo del mittente: FILIPPO GENUARDI ALBERGO CENTRALE FELA

«La Gazzetta di Palermo»
Quotidiano

Dir. G. Romano Taibbi 7 febbraio 1892

UN CURIOSO FERIMENTO

Ieri mattina alle sette il signor Bruccoleri Antonio uscendo dal suo appartamento per portarsi al lavoro, notava che la porta dell'abitazione attigua era spalancata. Meravigliato, risultando l'appartamento disabitato da ben tre anni e completamente spoglio di mobili e di suppellettili, entrava e rinveniva a terra un individuo fuor de' sensi per una vistosa ferita al capo. Avvertiti i RR CC, lo sconosciuto veniva ricoverato presso l'Ospitale San Francesco ove gli veniva riscontrata una vasta ferita lacero-contusa alla parietale destra. L'uomo, privo di documenti e in stato confusionale, non ha saputo declinare le sue generalità né spiegare le circostanze del ferimento né i motivi per cui si fosse recato nell'appartamento abbandonato sito in via delle Croci 5 e un tempo appartenuto al signor Eusebio Panarello, da tre anni trasferitosi con la famiglia a Catania.

I Reali Carabinieri indagano.

REGIO OFFICIO DEL CATASTO DI MONTELUSA

Il Direttore

Ill.mo Sig.
Filippo Genuardi
Via Cavour n. 20
Vigàta

Montelusa li 10 febbraio 1892

Egregio Amico,
sono rimasto veramente commosso e colpito per lo squisito regalo che la sua Signora ha voluto fare alla mia figlioletta Ninnina in occasione della sua Santa Cresima.
Mi affretto a farle avere i nominativi dei proprietari delle particelle catastali interessati alla palificazione.
1) Giacalone Mariano, via America 4, Vigàta, per le particelle 12, 13, 14, 27.
2) Eredi Zappalà Stefano nelle persone di: Zappalà Agatina in Graceffo, via Cinque Giornate 102, Napoli; Zappalà Vincenzo, via del Forno 8, Vigàta; Zappalà Pancrazio, via Risorgimento 2, Montelusa; Zappalà Co-

stantino, via Giambertone 1, Ravanusa; Zappalà Calcedonio, Place de la Liberté 14, Parigi; Zappalà Ersilia in Piromalli, via Barònia 8, Reggio Calabria, tutti comproprietari della particella 18.
3) Mancuso Filippo, via della Piana 18, Vigàta, per le particelle 108, 109, 110.
4) Giliberto Giacomo, via dell'Unità d'Italia 75, Vigàta, per le particelle 201, 202, 203, 204, 205, 895, 896.
5) Lopresti Paolantonio, 2005 Helmuth Street, New York, Stati Uniti, per le particelle 701, 702.
Il mio lavoro per favorirla è stato febbrile, lei si renderà ben conto che il disbrigo della pratica per via burocratica avrebbe richiesto mesi e mesi. Lieto quindi d'averla potuta accontentare.
Ringrazi ancora la sua Signora per il magnifico regalo. A lei una forte stretta di mano.

Cataldo Friscia

AVV. NICOLA ZAMBARDINO
Viale della Libertà 2 – Palermo

Al Ch.mo Comm.
Calogero Longhitano
Vicolo Loreto 12
Vigàta

Palermo li 12 febbraio 1892

Chiarissimo Commendatore,
il mio assistito e collega Orazio Rusotto, ancora ristretto, m'ha fatto sapere che lei desiderava avere notizie dello sconosciuto rinvenuto qualche giorno fa in un appartamento vacante di via delle Croci n. 5, temendo trattarsi di un suo lontano parente rispondente al nome di Calogerino Laganà.
Purtroppo devo comunicarle che il suo timore si è rivelato fondato. Però ho anche il piacere di farle sapere che il suo lontano parente quanto prima sarà rilasciato dall'ospitale perché trovasi in via di guarigione. Soffre ancora di violenti mal di testa (gli sono stati dati ben venti punti!) e di qualche momento di amnesia.

Penalmente nulla risultando a suo carico, appena dimesso potrà tornarsene a Vigàta.
Su come siano andati i fatti, gli pare di rammentare quanto segue: trovandosi per affari a Palermo, gli veniva voglia d'incontrarsi con un amico che non vedeva da tempo e che gli risultava abitare, appunto, al numero 5 di via delle Croci. Salito al primo piano, egli notava la porta di un appartamento spalancata e decideva d'entrarvi per domandare ulteriori informazioni. Appena messo un piede dentro, veniva con violenza colpito alla testa da un corpo contundente sicuramente ad opera di un ladro talché il signor Laganà, al suo risveglio in ospitale, amaramente doveva constatare la sparizione del portafoglio e di tutto quanto aveva nelle tasche.
Il signor Laganà la saluta e non necessita di niente.
Io comunque resto a sua disposizione.
Felice di esserle stato utile, voglia credere, chiarissimo Commendatore, ai sensi della mia più profonda stima

Nicola Zambardino

G. NAPPA & G. CUCCURULLO
Studio legale - Via Trinacria 21 - Montelusa

All'Ill.mo Sig.
Filippo Genuardi
Via Cavour 20
Vigàta

Montelusa li 14 febbraio 1892

Egregio Signore,
lei ci scrive onde il nostro Studio assuma per suo conto due compiti tra loro assai diversi e che è bene considerare partitamente.
Il primo concerne la sua manifesta volontà di adire le vie legali, procedendo con querela per diffamazione contro:
a) la Tenenza dei RR CC di Vigàta;
b) il parroco don Cosimo Pirrotta di Vigàta;
c) il signor Salvatore Sparapiano di San Volpato delle Madonie.
Circa il punto a:
A nostra memoria, non si è mai contrapposta azione

legale a una dichiarativa dell'Arma dei Reali Carabinieri i quali operano scrupolosamente nell'ambito delle funzioni loro assegnate.
La querela, che sicuramente avrebbe per lei esito negativo, la metterebbe inoltre in cattiva luce e aggraverebbe, in qualche modo, il sospetto, che su lei pesa, di affiliazione a movimenti sobillatori.
Circa il punto b:
Quando il parroco di Vigàta alza gli occhi al cielo e si fa il segno della croce non compie un'azione fuori dall'ordinario, è un modo come un altro d'esprimersi. Atteggiamenti consimili sono comuni a preti, suore, frati come in centinaia di migliaia potrebbero testimoniare. La relazione (e cioè che il parroco abbia compiuto quei gesti scandalizzato a sentire il suo nome) non è facilmente dimostrabile in Tribunale.
Circa il punto c:
La Ditta del signor Salvatore Sparapiano è assolutamente libera di vendere la propria merce a chi crede opportuno. Nel caso specifico le ragioni che adduce possono essere opinabili ma non lesive. Un avvocato di parte avversa potrebbe facilmente dimostrare che le parole «anarchico» e «socialista» non necessariamente equivalgono a ladro o assassino.
In conclusione, è nostra convinta opinione che le tre querele per diffamazione si ritorcerebbero certamente contro di lei.
Il nostro Studio, inoltre, non ama battersi per cause che ritiene perdute in partenza.
Il secondo compito che lei intende affidarci è la richiesta

del permesso di palificazione ai varii proprietari dei terreni che dovrebbero essere traversati dalla linea telefonica. All'uopo alliga elenco nominativo dei proprietari.
Per questo secondo incarico il nostro Studio non rileva problema alcuno ed è lieto d'accettare.
Lei ci fa sapere che per quanto riguarda il signor Giacalone Mariano e il signor Mancuso Filippo potrebbe lei stesso di persona risolvere la questione. E questo alleggerirà di molto il nostro lavoro. Lei altresì ci chiede di non occuparci del signor Giliberto Giacomo per ragioni sue private.
Dobbiamo presumere quindi che sarà suo compito prendere contatti col suddetto?
Al nostro Studio, in conclusione, resterebbe il disbrigo delle pratiche inerenti il signor Paolantonio Lopresti e gli Eredi Zappalà.
A questo proposito le faccio notare che due delle persone con le quali dovremo metterci in contatto abitano al di fuori dei confini italiani, una a Parigi e l'altra addirittura a New York. Altri si trovano a Napoli, Ravanusa, Reggio Calabria.
Tutto ciò comporta tempi non certo brevi, nella felice ipotesi che tutti, di primo acchito, siano consenzienti. In caso di non pronto assenso, o addirittura di diniego, le trattative potrebbero andare per le lunghe.
Ci invii almeno lire trecento per le spese iniziali.
Distinti saluti

per lo Studio legale Nappa & Cuccurullo
Avv. Giosuè Nappa

«Il Precursore»

Giornale politico quotidiano

Dir. G. Oddo Bonafede 15 febbraio 1892

INCENDIO DOLOSO A VIGÀTA

L'altra notte sconosciuti penetrati nel magazzeno dove il signor Filippo Genuardi di Vigàta custodiva il suo quadriciclo a motore «Pan-hard» capace di sviluppare una velocità di oltre venti chilometri all'ora, hanno dato alle fiamme l'apparecchio mercé il carburo di calcio tenuto in magazzeno e che serviva a produrre l'acetilene per l'accensione dei lumi anteriori onde il quadriciclo era dotato.

L'apparecchio è andato irreparabilmente combusto.

Si riporta la notizia perché questo mezzo di locomozione – certamente destinato in un prossimo futuro a rivoluzionare le comunicazioni nel mondo – era l'unico esemplare circolante nella nostra Isola.

Pubblica Sicurezza e Reali Carabinieri indagano per scoprire gli autori del gesto vandalico.

Cose dette quattro

A

(*Commendatore Parrinello-Questore*)

«Commendatore Parrinello! Grazie d'essere venuto».
«Dovere mio, signor Questore».
«Come sta Sua Eccellenza?».
«Sempre fasciato come una mummia. Sarà cosa lunga».
«L'ispettore è ripartito?».
«Sì, proprio ieri. È stato minuzioso, preciso. Ha magari interrogato a lungo il Sottoprefetto di Bivona. A mio parere, andrà a finire male assai».
«Per il Prefetto, dice?».
«No. Per il Sottoprefetto».
«Andiamo, commendatore!».
«Vede, la rovinosa caduta di Sua Eccellenza si è risolta tutta a suo vantaggio. Non potendo né parlare né scrivere, non ha né parlato né scritto. Quindi niente numeri, niente frasi senza senso, niente eccesso contro i sovversivi come li chiama lui. Agli occhi del Prefetto Colombotto-Rosso, l'ispettore, il nostro dottor Marascianno non era che un povero

infortunato. Per il resto, in Prefettura tutto era in perfetto ordine, ci avevo pensato io. Colombotto-Rosso ha fatto qualche rilievo di nessuna importanza, tanto per salvare la faccia, e giustificherà le spese di viaggio e soggiorno chiedendo la testa del Sottoprefetto, autore della denunzia».

«Quindi lei in sostanza mi sta dicendo che dovremo continuare a tenerci in Prefettura un matto da legare come Marascianno? E proprio ora che mi giungono voci di grossi movimenti di contadini!».

«Che vuole che le dica, signor Questore? Questo è quanto».

«Senta, commendatore, lei avrà già capito che io sono uno che dorme con la serva».

«No, non l'avevo capito. Ad ogni modo, fatti suoi, lei è padronissimo».

«Ma no, Parrinello, è un modo di dire delle nostre parti. Significa che amo parlar chiaro».

«Mi perdoni l'equivoco».

«Dunque, la volevo informare che ho ricevuto due lettere. Una è di un buon amico mio che lavora al Ministero. Gli avevo scritto e m'ha risposto. Marascianno non ha mai avuto né una prima moglie morta né una seconda scappata con l'amante. Marascianno è celibe, scapolo o come cavolo si dice. Vedo che non è sorpreso».

«Lo sospettavo già».

«Da cosa?».

«Sono stato spesso nell'appartamento di Sua Eccellenza, all'ultimo piano della Prefettura. Si vede che è un

uomo abituato a vivere senza una femmina allato. Qualche volta...».
«... le ha fatto pena».
«Mi pareva come un cane abbandonato. La stessa impressione ne ha avuto mia moglie, una sera che sono riuscito a far venire Sua Eccellenza a cena a casa mia. Quando siamo andati a coricarci, mia moglie non poteva pigliare sonno. Gli spiai che avesse, mi rispose che pensava al Prefetto. E poi mi domandò: "sei sicuro che sia stato maritato?". E, dopo un pezzo, mi fece: "stagli appresso, a questo disgraziato, farai un'opera di bene". Ed è per questo...».
«... che ha cosparso d'olio le scale».
«Ma che sta dicendo?!».
«Senta, le ho detto che dormo con la serva».
«Lei può dormire macari con uno stoccafisso e io me ne fotto! Ma non deve permettersi...».
«Mi permetto. Mi stia a sentire. Ho ricevuto una lettera anonima. Qualcuno, certamente della Prefettura, asserisce che la caduta di Sua Eccellenza non è stata accidentale, ma provocata dal fatto che il pianerottolo e i primi due gradini erano stati cosparsi d'olio».
«Questa miserabile lettera anonima dice chi è stato?».
«Non fa nomi».
«Lo vede? Il suo sospetto verso di me è semplicemente infamante!».
«Commendatore, lei dimentica che io sono, prima di tutto, uno sbirro. E perciò si lasci pregare. Il sospetto che la caduta di Sua Eccellenza fosse stata provo-

cata m'era venuto assai prima della lettera anonima. Ma guarda che combinazione! La mattina viene annunziata l'ispezione e nel primo pomeriggio Sua Eccellenza viene messo in condizione di non parlare né scrivere. Secondo lei è stata la provvidenza che gli ha spaccato qualche osso, è vero, ma gli ha salvato la carriera? Ma via! E poi lei poco fa si è tradito, sa? Le sue parole di pietà verso Marascianno sono state meglio di una confessione! Ma non ha pensato che quel poveraccio poteva rompersi l'osso del collo?».
«Ci abbiamo pensato, signor Questore».
«Come, "ci"?».
«Io e la mia signora. E allora mia moglie si è premunita facendo una ricca offerta a San Calogero e spiegandogli che la cosa era a fin di bene».
«Dice sul serio?».
«Noi ci crediamo, a San Calogero, signor Questore. E difatti, come vede... Comunque, sono a sua disposizione, mi dica quello che devo fare e io lo faccio, dall'autodenunzia alle dimissioni».
«Ma non mi faccia ridere! Prenda questa, è la lettera anonima. Esaminandola bene, forse riuscirà a identificare l'autore, la grafia è contraffatta maldestramente. Commendatore Parrinello, è stato un vero piacere incontrarla. E mi saluti la sua gentile consorte che non ho il piacere di conoscere».
«Signor Questore, mi onora una di queste sere a cena?».

B

(*Giliberto-Pippo*)

«Ma con quale faccia s'appresenta a mia? Esca subito fòra dalla mia casa!».
«Signor Giliberto, mi stia a sentire...».
«Signor Genuardi, io non sto a sentire una minchia! Esca subito fòra o chiamo i carrabbinera!».
«Vabbene, le scriverà il mio avvocato».
«Avvocato? Che avvocato? Sono io che dovevo metterci in mezzo la liggi! Ma taliàte che faccia! S'era allura allura maritato, era venuto a stare qua, in via dell'Unità d'Italia, sullo stesso mio pianerottolo, porta cu porta, pareva tanto innamorato della mogliere so' che ogni notte la mia signora si doveva attappare le orecchie per non sentire quello che combinavate corcati, e invece!...».
«Signor Giliberto, vogliamo metterci ora a ripistiàre storie vecchie come il cucco?».
«E sissignore! Non me la posso scordare la faccia di mia figlia Annetta, tridici anni aveva allura! una pic-

ciliddra era!, quando che mi disse che lei, ogni volta che l'incontrava nella scala, le toccava il culo! Cose da galera! Quella nuccenti acchianava la scala contenta e spinserata e lui, zacchette!, la mano sul culo! A me' figlia!».
«Mi consente una parola? Era tutta una cosa sgherzevole. Eravamo appattati. Annetta faceva in modo che c'incontrassimo, si lasciava toccare, si pigliava la mezza lira che gli davo...».
«Lei, dopo averne approfittato, la vuole macari infamare! Che mi vuole significare? Che mia figlia si vendeva? Io l'ammazzo!».
«Signor Giliberto, posi subito il coltello perché appena si catamìna io la sparo. Lo vede il revorbaro? Carrico è. Posasse il coltello, assettiamoci e ragioniamo. Così. Oh benedetto Iddio! Dunque, a parte la mezza lira che mi veniva a costare ogni toccatina, quando sua figlia le venne a contare la cosa... Lo sa perché lo fece? No? Glielo dico io. Aveva alzato il prezzo, voleva una lira a botta e io m'arrifiutai. Calmo. S'arricordi che ho il revorbaro. E lei che mi fece quando lo venne a sapere? Mi denunziò? Fece scànnalo? Nossignore, manco per sogno. Venne a domandarmi un risarcimento di duemila lire. Era tanto, però gliele diedi. È vero o no?».
«Sì, è vero. Ma lo feci perché sono un omo di core, non volevo consumarla per tutta la vita facendolo gettare in càrzaro».
«E le altre duemila che volle sei mesi appresso, quando io a sua figlia non la taliavo manco col cannocchiale?».

«Quella volta fu che avevo di bisogno urgenti, nicissità».
«E io gliele diedi. Ma lei fece uno sbaglio».
«Quale?».
«Che me lo scrisse. Mi mandò un biglietto. Che adesso tengo in sacchetta. Lo leggo, accussì si rinfrisca la memoria. "Signor Genuardi, lei mi deve dare subito duemila lire altrimenti io conto il fatto di lei e di mia figlia a so' mogliere". Se io porto questo biglietto al diligato Spinoso, quello l'arresta. Lo sa come si chiama quello che ha fatto? Ricatto».
«Sì, ma lei va in càrzaro per corruzione di minorenne».
«Adascio, egregio amico, adascio. Annetta ora è zita, vero?».
«Si deve maritare tra un anno e mezzo».
«Se questa storia viene fòra, addio zitaggio, addio matrimonio. Io, perso per perso, farò sapere a tutti che non solo le toccavo il culo, ma che me la fottevo con tutti i sacramenti. Calmo. Fermo. Si ricordasse del revorbaro. E sua figlia Annetta un altro marito non lo trova manco in mezzo ai cannibali. Mi spiegai?».
«Benissimo si spiegò. Che minchia vuole da mia?».
«Ho bisogno che lei mi scrive il permesso di mettere qualche palo su un terreno di sua proprietà».
«Pagando?».

C

(*Cavaliere Mancuso-Commendatore Longhitano*)

«Cavaliere Mancuso! Trasisse, trasisse».
«Lei mi ha fatto chiamare e io sono corso subito. Quando il commendatore Longhitano ordina, Filippo Mancuso si mette sull'attenti!».
«Lei vuole babbiare, cavaliere. Ca quali ordini! Preghiere sempre, umilissime. Mi dispiace d'averla fatta scomodare da Vigàta a Montelusa. Ma, vede, da una ventina di giorni me ne sto qua, a casa di mio fratello Nino, che è medico e mi cura».
«Cosa seria?».
«Ringrazianno a u Signuri, no. Ma all'età nostra, mia e sua, è bene che ci stiamo attenti, alla salute. Lei come sta?».
«Non mi lamento».
«E addrumasse una candela alla Madonna! Sa come fa il provebbio? "Passata la sissantina, un duluri ogni matina"».
«Veru è».

«Non la voglio scomodare troppo, cavaliere. Se l'ho fatta venire fino a qua è pirchì stamatina ricevetti una littra di quel carissimo amico e pirsona che non ce ne sono altri che è l'onorevole Palazzotto».
«Il Signuri ci deve dare cent'anni di vita, lo deve ripagare col palmo e la gnutticatùra all'onorevole, per tutto il bene che fa, macari a chi non se lo merita!».
«Ecco, questa è la littra. Gliela leggo. "Carissimo Lollò, mi dicono che non stai tanto bene in salute e grandemente me ne dispiace. Spero possa rimetterti presto. Abbiamo tanto lavoro da fare insieme nell'interesse della nostra amata terra. Per quanto riguarda la domanda d'assunzione presso il Banco di Sicilia del ragioniere Mancuso Alberto di Filippo, da te così caldamente raccomandato, ti devo significare, con molto piacere, che la cosa è al punto di cottura. Fra qualche giorno sarà chiamato per un colloquio presso la Direzione generale di Palermo. A parlare col ragioniere Mancuso sarà il vicedirettore centrale Antenore Mangimi, che è di Bologna, ma è persona nostra. Quindi non c'è da preoccuparsi. Rimettiti presto. Un fraterno abbraccio dal tuo Ciccio Palazzotto". Ma che fa, cavaliere? S'inginocchia?».
«Sì, m'inginocchio! E le voglio baciare le mani! Non so come ringraziarla, come sdebitarmi! Qualisisiasi cosa, sono a sua totale disposizione!».
«Cavaliere, mi deve credere, io sono già strapagato nel vederla accussì contenta! Mi abbasta. Non le faccio perdere altro tempo. Spero di poterle dire, la prossima volta che ci vediamo, che suo figlio è stato pigliato dal Banco. L'accompagno alla porta».

«Per carità, commendatore, non si scomodi! Conoscio la strata».
«Ah, scusi, un momento solo, m'è venuta in mente una cosa. Lo sa che Filippo Genuardi ha fatto domanda per una linea telefonica privata tra lui e suo suocero?».
«Nonsi, non lo sapevo».
«Pare che una parte dei pali per tenere il filo dovrebbe essere allocata sui suoi terreni».
«Ma non c'è nisciun problema! Io sono amico del suocero, Schilirò, e poi a Pippo Genuardi l'ho visto nàsciri e crìsciri! Ripeto: nisciun problema. Piantino tutti i pali che gli servono».
«Invece il problema c'è».
«Ah sì?».
«Sì».
«E sarebbe?».
«Che questi pali, sui suoi terreni, non ci si devono mettere».
«Ah no?».
«No».
«Nisciun problema, commendatore! Manco sparato farò chiantàre un palo che sia un palo! Filippo Genuardi vada a rasparsi le corna da qualche altra parte».

D

(*Pippo-Signora Giacalone-Mariano Giacalone*)

«Buongiorno, signora. È in casa il signor Giacalone?».
«Lei chi è, scusasse?».
«Filippo Genuardi sono. Non s'arricorda di mia, signora Berta? Vossia m'acconosce da quanno ero piccilliddro».
«Ah, tu sei! Pippo! Scusami figlio mio ma l'età non mi fa arreggere la vista. Ti maritasti, veru? Hai figli? I figli sono la Pruvvidenza della casa».
«No, ancora non ne abbiamo avuti. C'è il signor Giacalone?».
«Me marito? Mariano?».
«Sì, signora, il signor Mariano, so' marito».
«Che ti devo dire, figlio mio? C'è e non c'è».
«Che viene a dire?».
«Viene a dire che da tre jorna Mariano non ci sta più con la testa. E pinsare che fino a tre jorna narrè pareva un giovanotto, coi suoi ottanta e passa. Lunedì

passato, mentre stavamo mangiando, mi talìa fisso fisso e poi mi spia: "Scusi, signora, ma lei chi è?". Io mi sentii aggelare. "Berta sugnu, to' mogliere!". Nenti, non ci fu verso, solo verso la scurata m'arraccanoscì nuovamenti: "Dove sei stata tutto il santo jorno che non ti sei fatta vedere?". Che disgrazia, figlio mio! Che volevi da me' marito?».

«Posso parlare con lui?».

«Trasi, ma oggi non è cosa. Ecco. Sta sempre accussì, assittato in poltrona e certe volte manco vuole parlari».

«Come si sente, don Mariano?».

«Chi sei tu?».

«Filippo Genuardi sono».

«Fammi vidìri la carta d'indintirintà».

«Non me la portai appresso».

«E allora chi mi garantisce che tu sei Filippo Genuardi? E lei, signora, abbia la bontà di non girare casa casa come fosse la patrona, approfittandosi che me' mogliere non c'è».

«O Signiruzzo Santo, Berta sono! Mariano, fanno sessantadue anni che semo maritati!».

«Anche lei, signora, mi faccia vedere la carta d'indintirintà».

«Pippo, lo vedi? Te l'avevo detto che non era cosa!».

«Ha ragione, signora. Arrivederla, signor Giacalone».

«A chi saluti, tu? Chi è chistu Giacalone?».

«Lo vedi, Pippo, lo vedi? Manco a se stesso arraccanosce!».

«Lo chiamò il medico?».

«Certo».

«E che disse?».
«Non seppe dirmi se me' marito s'arripiglia oppure no. Ma comunque è cosa dovuta all'età, mi disse. Levami una curiosità. Che volevi da Mariano?».
«Che firmasse una carta, il permesso di mettere qualche palo nel suo terreno».
«E come fa a firmare? Se non sa manco chi è! Facciamo così, Pippo: se per caso s'arripiglia tanticchia e m'arraccanosce, ti mando a chiamare di corsa e tu vieni con la carta da firmare».
«Le sarò molto obbligato, signora Berta».
«Buone cose, figlio mio».
«Spero a presto, signora».
...
«Berta, se ne andò sta gran camurrìa di Pippo Genuardi?».
«Sì, ora ora. Come ti parse che arriniscì la scena?».
«Bene mi parse. Si fece convinto. Però, senti: domani a matino partiamo per Caltanissetta; andiamo ad abitare per qualchi tempo da nostro figlio. Non ce la faccio a stari sempri chiuso in casa e a fare finta d'essere addiventato stòlito solo per fare un piacìri a don Lollò Longhitano!».

E

(*Giacomo La Ferlita-Pippo*)

«Signor La Ferlita, io conto sino a tre e se lei non è uscito dal mio magazzeno, le spacco il culo. Uno...».
«Signor Genuardi, guardi che io m'appresento a lei per puro scrupolo di coscienza».
«Coscienza? Doppo che quel grannissimo cornuto di suo fratello Sasà m'ha fatto abbrusciare il quadriciclo?».
«Ah, lei pensa che sia stato lui?».
«Penso? La mano sul foco ci metto».
«Lei ha ragione, signor Genuardi. Ma indirettamente».
«E che significa?».
«Mi permetta prima una domanda. Lei legge i giornali?».
«No».
«Quindi lei non sa niente di quello che è capitato a Palermo a un certo Calogerino Laganà?».
«Calogerino? Un omo di don Lollò Longhitano? No, niente saccio».
«Lei ha visto recentemente il commendatore Longhitano?».

«No, è da un sacco che non lo vedo. Ma si può sapìri pirchì mi sta rompendo i cabasisi con queste domande?».
«Ora mi spiego. L'abbiamo fatta cadere in un trainello, signor Genuardi. E mi sono reso conto di quant'era piricoloso questo trainello solo doppo che le hanno abbrusciato il quadriciclo».
«Ma di quale tranello parla?».
«Signor Genuardi, il terzo indirizzo di Sasà, quello che le scrisse Angelo Guttadauro e che io le confermai, cioè via delle Croci 5, era finto. Eravamo appattati, Sasà, Guttadauro e io. Mio fratello si era persuaso, e aveva ragione, che lei comunicava a Longhitano ogni suo cangio d'indirizzo. Accussì volle fare una prova. Ogni notte s'appostava nell'appartamento e aspettava. Ci stava perdendo le speranze, quando quel tale Calogerino, mandato da don Lollò per sbinchiare a legnate a mio fratello, s'appresentò. Sasà, pigliandolo di sorpresa, gli spaccò la testa e gli pigliò tutto quello che aveva in sacchetta, per sfregio. Per sua informazione, Calogerino era armato di revorbaro e di coltello».
«Dica a Sasà di prepararsi il tabuto. Stavolta il commendatore, se lo piglia, ne fa mangime per galline».
«E di lei invece ne fa mangime per i porci».
«Io? E che c'entro io?».
«Allora vuol dire che non ha capito niente! Si tiri il conto, signor Genuardi. La prima volta l'omo di don Lollò va all'indirizzo da lei fornito e non trova a Sasà. Lei si procura il secondo indirizzo, lo passa al commendatore, il suo omo parte per Palermo e idem con patate. La terza volta all'omo di don Lollò gli spacca-

no le corna. Ora che deve pensare il povero commendatore?».

«O Madunnuzza santa! O San Giuseppi beddru! Perso sono!».

«Ha capito ora? Per prima cosa, persuaso com'è che lei l'ha pigliato per il culo d'accordo con Sasà, le ha fatto abbrusciare il quadriciclo. Ora a me m'è venuto lo scrupolo di coscienza che don Lollò non s'accontenti dell'abbrusciatina. Se gli salta il firticchio è capace che...».

«Devo chiudere il magazzeno. Vada via. Devo chiudere il magazzeno. Se ne vada se ne vada se ne vada se ne vada devo chiudere il magazzeno devo chiu...».

Cose scritte cinque

Padre carissimo e suocero riverito!
Sono costretto a scriverle poche righe di prescia prima di pigliare il treno che mi porterà lontano per qualche tempo da Vigàta. Almeno fino a quando il vento grosso che si è scatenato contro di me non si sarà abbacato. Taninè, alla quale stanotte ho contato ogni cosa, le riferirà di persona.
Quello che mi sta capitando, padre caro, è semplicemente terribile, soprattutto se si considera che questa dragunara nasce da un volgare equivoco.
Il commendatore don Lollò Longhitano, sapendomi fraterno amico di Sasà La Ferlita, mi spiò se ero a conoscenza dell'indirizzo di Sasà a Palermo. Don Lollò mi specificò che era perché voleva pacificamente comporre una facenna di soldi tra Sasà e Nino, fratello del commendatore, e che a tale scopo avrebbe mandato a Palermo un suo dipendente, tale Calogerino Laganà. E io, ingenuamente, in perfetta buona fede, glielo diedi.
Senonché Sasà, nel frattempo, aveva cangiato di casa. Venutolo a sapere, avvertii il commendatore, dandogli, sempre in perfetta buona fede, il nuovo indirizzo. Manco questa volta Laganà, recatosi espressamente a

Palermo, rinvenne Sasà. Il commendatore mi fece, in quest'occasione, le sue rimostranze circa la mia imprecisione, rimproverando la mia scarsa volontà di collaborazione ad un'opera di pacificazione. Punto sul vivo, m'informai del terzo indirizzo palermitano di Sasà e lo comunicai al commendatore, ritenendo per me la facenna conclusa. Non sapevo, e vossia mi deve credere, le parlo con la sincerità di un vero figlio, che si trattava di un tranello teso a me e al commendatore da quell'anima persa di Sasà. Il recapito che a bella posta mi si era fatto avere era falso, tanto che il povero Laganà, recatovisi, venne aggredito da Sasà e seriamente ferito alla testa. Ma a questo punto il commendatore Longhitano si fece persuaso, del tutto erroneamente, che io facevo due parti in commedia: mentre gli davo l'indirizzo, contemporaneamente avvertivo Sasà. Ma a quale scopo avrei fatto il tragediatore? Che me ne veniva in sacchetta? Io avevo, e ho, in nome dell'amicizia, il massimo interesse a mettere il bono tra il commendatore e Sasà, e non ad attizzare il foco!
Ad ogni modo, intestato su quest'idea sbagliata, il commendatore, per ripicca, m'ha fatto abbrusciare il quadriciclo a motore, ne sono sicuro per una serie di cose che sarebbe lungo spiegarle. Non ritenendosi pago, ha costretto il cavaliere Mancuso a dire un no secco, senza spiegazione, alla mia domanda di far passare i pali del telefono sui suoi terreni. Lo stesso ha fatto con Mariano Giacalone il quale ha fatto finta d'essere diventato stòlito di colpo e quindi in condizione di non poter mettere nessuna firma. Sono pure certo, alla lu-

ce di quanto ho saputo, che macari dietro la lettera della ditta Sparapiano, che mi nega altro legname, c'è don Lollò.
Padre caro e suocero riverito, io ci giuro che in tutta questa facenna sono innocenti come il Bambinello Gesù, io ho fatto solo un favore al commendatore, che credevo amico.
Penso che sia meglio per me cangiare aria per qualche tempo, prima che a don Lollò ci venga qualche alzata d'ingegno e mi faccia gettare a mare con una màzzara al collo.
Taninè conosce il mio indirizzo e glielo dirà a voce. Le consegnerà macari le chiavi del magazzeno, ci abbadi vossia per quello che può.
Se arriverà posta per mia, vossia, a ogni due o tre lettere, le mette in una busta grande e me le spedisce, facendosi accorto che nessuno possa leggere l'indirizzo e scoprire dov'è che mi trovo. Di necessità ho dovuto pigliarmi tutti i soldi che tenevo in casa: vuole pensarci vossia per sua figlia? Poi mi dirà quello che le ha dato.
Taninè, oltre a questa mia, le porterà pure la lettera che mi mandò quel falso amico di Palermo dandomi il finto indirizzo di Sasà. Questa lettera è alla base delle mie disgrazie. Se per caso incontra il commendatore Longhitano (lo so che vossia con quell'uomo non ci vuole avere niente acchiffari), trovi modo di fargliela vedere. Essa mi scagiona completamente e grida la mia perfetta buona fede.
Sono nelle sue mani.

Pippo

TENENZA dei REALI CARABINIERI di VIGÀTA

A S.E. il Prefetto
di
Montelusa

Montelusa li 15 marzo 1892

Oggetto: *Genuardi Filippo*

Eccellenza,
il mio valoroso predecessore al Comando della Regia Tenenza dei Reali Carabinieri di Vigàta, Tenente Gesualdo Lanza-Turò, nel darmi le consegne, ebbe vivamente a raccomandarmi di tenere sotto strettissima sorveglianza tale Genuardi Filippo, noto sovversivo, e di riferire istantemente a V.E. ove avessi avuto modo d'acclarare alcunché di sospetto.
Orbene, nella notte tra il 13 e il 14 febbraio c.a. alcuni individui, a tutt'oggi rimasti sconosciuti, si sono introdotti nel magazzeno dove il Genuardi Filippo usava custodire il suo quadriciclo a motore Panhard 2 C.V. dopo aver forzato il grosso catenaccio che teneva chiusa la porta.

Gli scassinatori hanno potuto agire indisturbati in quanto il detto magazzeno si apre sul vicolo dell'Abbondanza (che fa angolo con via Cavour dove il Genuardi ha abitazione e magazzeno di legnami). Difatto il vicolo dell'Abbondanza è privo d'illuminazione e per questo è lotolento d'escrementi e di lòzio. Una volta penetrati nel magazzeno, i malviventi avevano facile gioco nel dare alle fiamme l'apparecchio automovente.
Recatici immediatamente sul posto, abbiamo fatto alcuni rilievi non antinomici a quelli del locale Delegato di P.S. di Vigàta, signor Antonio Spinoso.
Non c'era bisogno d'essere esperti piromanti per rendersi conto che la volontaria combustione era stata prodotta adoperando il carburo (acetiluro di calcio) che il Genuardi deteneva nel magazzeno datosi che i fanali del quadriciclo a motore funzionavano ad acetilene.
Il Delegato Spinoso, a questo punto, era del parere che tanto l'effrazione quanto la combustione fossero imputabili ad ignoti, magari mossi da invidia nei riguardi del Genuardi.
Questa Tenenza, al contrario, si pone la seguente domanda: quali arti divinatorie possedevano gli attentatori per sapere *in precedenza* che nel magazzeno avrebbero in abbondanza rinvenuto il materiale comburente indispensabile per il loro disegno criminoso?
Effettuate discrete indagini, abbiamo appreso che il quadriciclo a motore era stato assicurato dal Genuardi e

assai bene: in caso d'incendio dell'automovente (incendio non dovuto ad incuria del proprietario), il Genuardi verrebbe a percepire un risarcimento assicurativo pari a ben due volte e mezza la cifra esborsata per l'acquisto.
Sempre da nostre indagini, abbiamo anche saputo che le attuali condizioni economiche del Genuardi non sono per niente floride, anzi periclitano dopo che la ditta Sparapiano Salvatore, di San Volpato delle Madonie, ha tagliato con lui ogni rapporto a cagione delle manifeste idee sovversive del Genuardi, essendo gli Sparapiano famiglia tradizionalmente connotata da alti sentimenti di Patriottismo.
Il danno di questa cessazione di rapporto è per il Genuardi notevole: a quanto ci risulta la ditta Sparapiano usava concedere al Genuardi largo credito, condonandogli il pagamento del legname fornito con ampio differimento.
Abbiamo altresì acclarato che il Genuardi ha avviato le pratiche inerenti la concessione di una linea telefonica ad uso privato. A malgrado di una nota del mio Predecessore Tenente Lanza-Turò diretta all'Officio regionale delle Poste e Telegrafi che consigliava il fermo della pratica, l'iter è inspiegabilmente continuato. Eppertanto il Genuardi, per la concessione telefonica, avrà bisogno di liquidi andando incontro a considerevoli spese.
A tutta conclusione, questa Tenenza nutre il sospetto (più che il sospetto) che a montare il teatrino della finta effrazione e del più finto incendio sia stato lo stes-

so Genuardi Filippo con la complicità di qualche suo sodale.
In questo senso continueremo le indagini.
Doverosamente

Il Comandante la Tenenza dei RR CC
(*Ten. Ilario Lanza-Scocca*)

MINISTERO DELL'INTERNO

Il Ministro

Al Cavaliere
Artidoro Conigliaro
Sottoprefetto di
Bivona

Roma li 20 marzo 1892

Signor Sottoprefetto!
Sono qui a comunicarle che le resultanze del rapporto afferente l'inchiesta effettuata da S.E. l'Ispettore Generale Colombotto-Rosso, *su sua segnalazione*, circa lo stato di salute mentale di S.E. Vittorio Marascianno, Regio Prefetto di Montelusa, esigono immediato provvedimento.
Malgrado il grave infortunio occorso a S.E. Marascianno, il nostro Ispettore Generale è pervenuto all'indiscutibile convincimento, del tutto opposto a quanto affermavasi nella sua lettera di denuncia, che il Prefetto di Montelusa è un Alto Funzionario dello Stato di raro equilibrio morale e mentale.

Come lei ricorderà, dopo tre mesi circa che S.E. Marascianno aveva occupato la sua alta Carica in Montelusa, per puro scrupolo e per attaccamento ai suoi Compiti, inatteso ispezionò la Sottoprefettura di Bivona da lei retta.
Ebbene, in quell'occasione S.E. Marascianno ebbe a rilevare spiacevoli orrezioni, non dovute obliterazioni, svariate oscitanze.
S.E. Marascianno dopo averla, come di dovere, sottoposta ad obiurgazione, redasse note caratteristiche negative nei suoi riguardi, ritenendo con ciò il caso oppilato.
Si sbagliava, evidentemente.
Ella, obnubilato da ingiustificato rancore e non volendo lasciare inulte le negative note caratteristiche, imparzialmente redatte da Chi agiva solamente in nome del Dovere e della Giustizia, ha mostrato un'iperbulìa di danneggiamento verso il suo Superiore, sino ad assumere la veste di un vero e proprio obrettatore.
Ella, tra l'altro, accecato dal suo sentimento rancoroso, ha scangiato per demenziale vaniloquio alcune precise indicazioni di S.E. ed ha reagito in modo feculento dileggiandole.
E difatti: asserendo che i germi erano «rosso acceso», S.E. alludeva al colore preferito dalle sette di mestatori che con la loro presenza inquinano la bella terra di Sicilia; sostenendo che ogni germe era munito di 2.402 «zampette», S.E. Marascianno si riferiva al numero esatto degli adepti delle sette che a Bivona e contorni predicano la rivoluzione.

Ella non ha voluto intendere, venendo meno alle sue responsabilità.
Con effetto immediato Ella viene trasferito a Santolussurgiu (Sardegna) con le mansioni di Sottoprefetto aggiunto.

Il Ministro
Giovanni Nicotera

G. NAPPA & G. CUCCURULLO
Studio legale - Via Trinacria 21 - Montelusa

All'Ill.mo Sig.
Filippo Genuardi
Via Cavour n. 20
Vigàta

Montelusa li 1 aprile 1892

Caro signor Genuardi,
mi pregio darle notizia della pratica che l'interessa. La particella catastale n. 28 che appartiene agli eredi di Zappalà Stefano non è allodiale, risulta gravata da ipoteca del Banco di Sicilia. E quindi gli eredi non hanno mano libera sul terreno, possono disporne solo previo consenso del Banco. Lei comprenderà come questa situazione complica le cose e allunga i tempi di risoluzione. *Forse mi sarà necessario ungere qualche ruota*. Nello specifico: la signora Zappalà Agatina in Graceffo m'ha scritto che in linea di massima sarebbe propensa a concederle il permesso per il buco previa conoscenza della cifra che lei intende esborsare; il si-

gnor Zappalà Vincenzo è di parere risolutamente negativo; il signor Zappalà Pancrazio è allineato sulla posizione del fratello Vincenzo; il signor Zappalà Costantino sarebbe orientato per il sì; per il no sarebbe invece il signor Zappalà Calcedonio che vive a Parigi (il fratello Pancrazio è comunque in possesso di delega). Un caso a parte è la signora Zappalà Ersilia in Piromalli che sarebbe propensa per la cessione del buco ma solo in via temporanea, temendo l'usucapione. Dal signor Lopresti Paolantonio, che abita a New York, non ho ancora ricevuto risposta, secondo me passerà del tempo. A questo punto si rende indispensabile, da parte sua, la quantificazione e la monetizzazione di ogni singolo buco (uso impropriamente la parola «buco» a bella posta: se chiedessimo il permesso per una «fondazione» o per un «escavo» e simili susciteremmo sicuramente esose richieste).
Lei ha risolto con i signori Giacalone, Mancuso e Giliberto?
Mi tenga informato.
Distinti saluti

per lo Studio legale Nappa & Cuccurullo
Avv. Giosuè Nappa

MINISTERO delle POSTE e dei TELEGRAFI
Officio Regionale - Via Ruggero Settimo 32 - Palermo

Gent.mo Sig.
Filippo Genuardi
Via Cavour n. 20
Vigàta

Palermo li 5 aprile 1892

Caro amico,
ho notato, per caso, che il timbro postale della lettera che mi ha inviato era di Palermo. È stato in città? Perché non si è fatto vedere da me o dal dottor Caltabiano che desidera tanto conoscerla?
Ad ogni modo, sono a rispondere alla sua.
La quantificazione e la monetizzazione del fosso nel quale interrare ogni singolo palo non è calcolo difficile, basta rifarsi ai precedenti. Dunque: ogni escavo dev'essere di metri due di profondità e di quaranta centimetri di diametro. Se l'escavo viene praticato all'interno della cinta daziaria, la somma che in genere viene esborsata al proprietario del terreno è di lire quindici (15) ogni

altra servitù compresa; se invece l'escavo avviene su terreno agricolo, il costo s'aggira attorno alle cinque (5) o sette (7) lire, ma fatta salva eccezione.
Non vedo niente in contrario all'affitto piuttosto che la compera del terreno: voglio dire che anche una cessione temporanea può andare bene, purché essa non sia inferiore ad anni dieci (10). La concessione governativa, infatti, ha una validità di anni cinque (5), scaduti i quali può essere rinnovata o revocata, ma in genere la si rinnova per un ulteriore quinquennio.
Ora vengo al punto dolente.
Lei mi comunica che trova molte difficoltà per ottenere il consenso dei diversi proprietari dei terreni e mi propone un tracciato in alternanza a quello da me indicato.
Se io accettassi, ne risulterebbe quanto segue: la palificazione, per i primi duecento (200) metri avrebbe un percorso lineare, poi assumerebbe un andamento a zig zag con numerosi angoli acuti, quindi verrebbe a svilupparsi sinuosamente a curve larghe per poscia tornare rettilineo solo negli ultimi trecento (300) metri.
Le dico subito che un tracciato siffatto non consentirebbe la comunicazione perché essa sarebbe continuamente disturbata da scariche, ronzii, fruscii, eccetera.
E c'è di più: il suo tracciato verrebbe, almeno in due punti, a correre in parallelo con l'unica linea telegrafica esistente in zona. L'apparecchio Ader-Bell, che le verrà fornito, adopera, per rinforzare le vibrazioni della lamina davanti alla quale si parla, un rocchetto d'induzione. Tale rocchetto è sensibilissimo alle cor-

renti parassitarie delle linee telegrafiche che si trovino a poca distanza del tragitto e di conseguenza la ricezione delle parole, notevolmente perturbate, risulterebbe incomprensibile.

Lei è naturalmente padronissimo di pagarsi una palificazione di otto (8) chilometri invece dei tre (3) da lei richiesti, ché tanti risulterebbero dal suo tracciato. Ma, a parte la spesa eccessiva, avendo lei fatto domanda della concessione ad uso privato per chilometri tre (3), la pratica in corso andrebbe annullata e si dovrebbe riaprire l'iter. E al termine di questa via crucis lei avrebbe, mi creda, un telefono assolutamente inservibile.

Caro amico, ho grande esperienza in proposito: ho visto sempre aggiustarsi le cose col tempo, con la paglia e con l'esborso di qualche lira in più a favore degli esosi proprietari dei terreni. Mi faccia avere notizie.

Molti cordiali saluti

Il Geometra incaricato
(*Pulitanò Agostino*)

(Riservata personale)

Al Signor Questore
di
Montelusa

Vigàta li 7 aprile 1892

Ill.mo Signor Questore,
la ringrazio della compiacenza usatami nell'avermi inviata, in forma privata, copia della lettera (in essa non è né un rapporto né una nota informativa) mandata dal Tenente dei RR CC Ilario Lanza-Scocca a S.E. il Prefetto di Montelusa e che il Commendator Parrinello, ff, le ha girato per competenza.
Che devo dire, signor Questore? Mi cascano le braccia.
Quella che i RR CC di Vigàta stanno da tempo facendo nei riguardi di Genuardi Filippo si può chiamare, senza tema di smentita veruna, persecuzione cieca e ostinata. Io nutrivo fiducia che con la sostituzione del Tenente Lanza-Turò con altro Comandante le cose sarebbero in qualche modo andate per il meglio. Ma invece di scampare è arrivato il diluvio!
Hanno mandato in sostituzione il Tenente Ilario Lan-

za-Scocca che non solo è cugino primo del predecessore, ma che sempre è stato, mi perdoni l'espressione volgare, culo e camicia con lui.
Tutti possono offerirsi qual testimoni in Vigàta: quando il Tenente Lanza-Turò ancora prestava servizio in Vigàta, sovente lo veniva a trovare il cugino Tenente Lanza-Scocca e i due sempre insieme stavano, a passeggiare lungo il molo o a mangiare il gelato presso il locale Caffè Castiglione. Talvolta insieme si recavano a qualche ballo a Montelusa.
È palese che il Tenente Lanza-Scocca le sta studiando tutte per riabilitare il cugino, a costo magari dell'ingiustizia verso uno come il Genuardi che santo non è ma che non gli passa manco per l'anticamera del cervello di mettersi a truffare l'Assicurazione. E questo non per morale scrupolo ma per l'incerto esito dell'intrapresa.
A quel quadriciclo a motore il Genuardi teneva assai più della propria vista, tanto d'avere malamente litigato col suocero che non voleva che lui se l'accattasse: per lungo tempo i rapporti sono stati tesi a cagione dell'apparecchio.
Alla disperata, se avesse avuto necessità di bruciare qualcosa per tentare una truffa il Genuardi avrebbe dato foco al magazzeno di legname e non certo al quadriciclo.
Quando non l'usava (sempre sollevando spavento negli ignari a causa delle frequenti esplosioni provenienti dal motore), il Genuardi allocava il quadriciclo nel magazzeno apposito, lasciandone di giorno la porta aperta per permettere la circolazione dell'aria: chiunque,

passando, poteva vedere il carburo che il Genuardi vi teneva ammassato per riserva.
E dipoi: il Tenente Lanza-Scocca seriamente opina che il Genuardi possa aver fatto calcolo, per soddisfare il suo bisogno, sui soldi che gli sarebbero venuti dall'Assicurazione? A pronta cassa?! Al Genuardi gli dovranno venire i capelli bianchi prima di riuscire a vedere una lira che sia una lira da «La Fondiaria Assicurazioni» che è nota in tutta l'Isola per i cavilli incredibili che riesce a inventarsi per evitare esborsi.
I soldi per la linea telefonica il Genuardi dovrà andarseli a piangere dal suocero che gli farà sudare sangue a litri per ogni metro di cavo.
Se lei invece mi domanda se mi sono fatto concetto sui motivi dell'incendio del quadriciclo a motore io le rispondo, con cautela, che un'opinione me la sto facendo.
Non si tratta, come qualcheduno ha supposto, di un gesto vandalico, magari mosso dall'invidia: l'invidia a questi ignoti gli sarebbe venuta dopo mesi e mesi che l'apparecchio era comparso a Vigàta?
Io penso oppostamente che c'entri in qualche modo la frequentazione del Genuardi con un personaggio di rispetto, come si dice dalle parti nostre. Trattasi di persona che con sistemi non leciti e con affiliazioni mafiose è assurto a grande potere, ma è uomo di difficile maneggio. Può darsi che un errore o uno sgarbo, anche involontari, del Genuardi abbiano indotto questa persona a mostrare il suo imperio, provocandone una reazione che è tipica e cioè il dare alle fiamme oliveti

e case di campagna. Ora, col progresso, sarà venuto il tempo dei quadricicli a motore.
La mia ipotesi viene confortata da voci che mi sono giunte: il personaggio di rispetto avrebbe esercitato pressioni su alcuni proprietari perché non concedano al Genuardi il permesso per la palificazione della linea telefonica che dovrebbe attraversare i loro terreni.
Colgo l'occasione per uno sfogo che la sua bontà si degnerà certamente di perdonare. Dopo un anno di servizio a Vigàta, proposi questa persona di rispetto per il confino di polizia.
Seppi, dal Signor Questore dell'epoca, che la richiesta era stata respinta dal Presidente del Tribunale di Montelusa (che è lo stesso di oggi, quindi è vano insistere).
Riuscii a fargli togliere, l'anno appresso, il porto d'armi: ebbene, gli venne restituito due mesi dopo con tante scuse. Non paghi di ciò, coloro che lo proteggono l'hanno fatto insignire del titolo degli onesti e degli obbedienti alle leggi!
Riterrò mio dovere tenerla informata non appena sarò in possesso di fatti precisi che non voci e supposizioni.
Le chiedo ancora clemenza se mi sono lasciato andare, ma le cose storte mi fanno venire il sangue alla testa.
Di lei sinceramente devot.mo

Il Delegato di P.S. di Vigàta
(*Antonio Spinoso*)

P.S. Come le ho soprascritto, il Tenente Lanza-Scocca vuole riabilitare il cugino sovrattutto agli occhi del Comandante Generale de Saint-Pierre il quale agì, mi permetto sommessamente di ricordarglielo, dietro sua personale segnalazione ordinando il trasferimento del Tenente Lanza-Turò.

MINISTERO DELL'INTERNO
DIREZIONE GENERALE DI PUBBLICA SICUREZZA

Il Direttore Generale

Ai Sigg. Prefetti
della SICILIA
Sedi

Ai Sigg. Questori
della SICILIA
Sedi

Roma li 8 aprile 1892

In data 7 di aprile corrente anno Sua Eccellenza il Ministro dell'Interno, ricevuto da questa Direzione Generale un esaustivo rapporto sulle condizioni della Pubblica Sicurezza in Sicilia, m'ordinava quanto segue:

Porti a conoscenza senza ulteriore indugio a tutti i Sigg. Prefetti e ai Sigg. Questori dell'Isola il rapporto a me inviato, fatta eccezione degli omissis a pagina 2 (due). Essi dovranno pienamente essere edotti della gravità della situazione e devono farsi carico di provvedimenti non cedui atti a impedire la tumescenza di un movimento che è a un tempo vul-

nus e onta per il nostro Paese. È un truismo che l'aggregazione di vagabondi sobillatori possa essere ultronea, ma è pur vero e palese che il loro moltiplicarsi sia dovuto ad abili mestatori che cattivano, approfittando d'ogni pur minimo e momentevole disagio, nuovi adepti per le loro cimmerie tregende, per le loro combibbiali nequizie.
I Signori Prefetti e i Signori Questori sappiano bene che la vacazione è assai breve.

Mi pregio pertanto trasmettere il rapporto sfrondato da parti non attinenti alla questione in esame.

... e quindi da tempo giungevanci, da più parti dell'Isola, notizie circa il *volontario* discioglimento delle pullulanti società di mutuo soccorso operaio d'ispirazione sovrattutto mazziniana. Tali società, com'è notorio, prevedono la mutua assistenza fra soci i quali pagano una certa quota mensile, ma recentemente hanno cominciato a farsi iniziatrici di scioperi e di agitazioni al fine d'ottenere insensati aumenti salariali. Insensati stante lo stato miserrimo dell'agricoltura, il calo delle esportazioni e della produzione di zolfo e sale, il mancato sviluppo dell'economia. Ma proprio per le testé descritte condizioni – non solo perduranti ma ragionevolmente da stimare in corso d'aggravamento – ci siamo messi in sospetto per il vertiginoso diffondersi del singolare fenomeno: come mai le società di mutuo soccorso si discioglievano quando di esse, semmai, ci sarebbe stato più impellente bisogno? Ci impressionò, sovrattutto, il discioglimento di due società palermitane che aggregavano lavoratori delle fonderie denominate «Florio» e «Oretea».
Abili informatori da noi attivati ebbero a fornircene una spiegazione niente affatto rassicurante: tutte le società operaie si-

ciliane – fatta salva qualche rara eccezione – a breve tempo dovranno dissolversi singolarmente per confluire unitariamente in un'unica organizzazione che dovrebbe assumere la denominazione di «Fasci dei lavoratori siciliani» (o simile).
Lascio a Vostra Eccellenza, signor Ministro, immaginare quanta capacità distruttiva possa sviluppare un'organizzazione siffattamente potente, animata precipuamente da cieco odio verso l'Ordine, la Società, lo Stato.
Abbiamo anche appreso che i capi del movimento sedizioso sono attualmente adunati in Palermo (lo saranno ancora per qualche tempo) allo scopo di definire lo «statuto» dell'organizzazione che, questo è quanto si è appreso, manterrà solamente «pro forma» l'originario intento di mutuo soccorso mentre invece l'autentica finalità sarà quella di promuovere forsennati scioperi e violente agitazioni, col fine ultimo di danneggiare irreparabilmente le colonne della nostra civile Società.
I nomi dei futuri capi dei «Fasci» sono in parte già noti, ma sarà opportuno rammemorarli:
Rosario Garibaldi Bosco (Palermo)
Francesco Maniscalco (Palermo)
Giacomo Montalto (Trapani)
Francesco Cassisa (Trapani)
Luigi Macchi (Catania)
G. De Felice Giuffrida (Catania)
Nicola Petrina (Messina)
Francesco Noè (Messina)
Francesco de Luca (Montelusa).
Costoro possono contare sull'appoggio più o meno esplicito dei sottonotati Onorevoli Deputati dell'Isola:

(omissis)

e delle sottonotate personalità d'idee liberali o radicali:

(omissis)

Fin qui il rapporto inviato a S.E. il signor Ministro. Trasmettiamo altresì i nominativi di alcuni partecipanti alla riunione; altri ne trasmetteremo non appena acclarati:

1) Nicola Barbato da Piana dei Greci
2) Giuseppe Bivona da Menfi
3) Carmelo Rao da Canicattì
4) L. Caratozzolo da San Biagio Platani
5) G. Mondello da Casteltermini
6) Stefano Di Mino da Grotte
7) F. Genuardi da Vigàta
8) Lorenzo Panepinto da Burgio
9) C. Ricci-Gramitto da Montelusa
10) Oreste Trupiano da Valguarnera
11) Bernardino Verro da Corleone

Il Direttore Generale di P.S.
(*Giuseppe Sensales*)

«Il Precursore»

Giornale politico quotidiano

Dir. G. Oddo Bonafede 14 aprile 1892

SCASSO SENZA FURTO

Il nostro corrispondente da Vigàta ci segnala un singolare episodio capitato ier notte in quella cittadina. Ignoti, dopo averne maldestramente scassinato il portone d'entrata, sono penetrati nei locali dell'Officio delle Regie Poste e Telegrafi, siti in via del Mare n. 100. L'indomani mattina il Ricevitore postale, signor Tamburello Vittorio, s'accorgeva dell'avvenuta effrazione e ne informava prontamente la Tenenza dei Reali Carabinieri. Il signor Tamburello, dopo ripetuti e accurati controlli, dichiarava con stupore che, a malgrado dell'evidente disordine in cui versava l'Officio, non era stato asportato alcunché né dalla posta giacente in attesa di partenza né dai numerosi colli e plichi da distribuire in paese. Un cassetto nel quale erano riposte lire 300 è stato forzato ma il danaro non è stato rubato.

È da escludere che possa trattarsi di uno scherzo: gli autori della bravata, se scoperti, la pagherebbero assai cara. I RR CC indagano.

Cose dette cinque

A

(*Tamburello-Commendatore Longhitano-Calogerino*)

«Caro signor Tamburello! Che piacere vederla! Lei mi sta facendo un regalo venendomi a trovare!».

«Il piacere e l'onore grandissimi sono tutti miei, egregio commendator Longhitano!».

«Mi cade la faccia a terra al pinsèro che l'ho fatta scommodare fino a Montelusa, ma il fatto è che da qualche tempo sto qua, a casa di mio fratello. Patisco di piccoli disturbi dovuti all'età, e mio fratello ch'è medico mi cura».

«Ma che mi va contando? Quali distrubbi? Lei mi pare un fiore, una billizza!».

«Lo sa perché mi sono permesso di mandarla a chiamare?».

«Non ne ho la più pallida idea, ma sono venuto immediatamente solo per il piacere di vederla».

«Lo crede? Ora che lei è qua davanti a me, io m'affrunto, mi vrigogno d'averla importunata per una fesseria».

«Magari se fosse per niente, sarei felice l'istisso. Parlasse, sono ai suoi ordini».
«Lo sa, signor Tamburello? I vecchi come a mia, a un certo momento, addiventano come i picciliddri, curiosi di tutto, sempre pronti a spiare: che è questo? E quel-l'altro cos'è? Quando ci mettiamo in testa una cosa, vecchi e picciliddri, non ci può sonno. E io mi sono fissato, mi sto spirciando sullo scasso che hanno fatto nel suo officio postale a Vigàta. L'ho letto sul giornale. Ma per davvero si pigliarono il disturbo di sfondare la porta e non si portarono via nenti? Signor Tamburello, con mia può parlare come in confessione, quello che mi viene detto mi resta dintra, non viene fòra manco se mi fanno il sangue. Voglio solamente la verità: che arrubbarono?».
«Nenti di nenti, don Lollò. Ce lo giuro. E poi che ragione avrei di venirle a contare una farfantarìa?».
«Ma lei è sicuro sicuro che questi scanosciuti ci sono proprio entrati dintra l'officio? Voglio dire: non è che scassarono il portone e doppo gli mancò il tempo?».
«Sicurissimo. Littra e pacchi li ho trovati messi in modo diverso da come li avevo lasciati la sera avanti».
«C'era tanta posta?».
«Nonsi, poca cosa. Ho in sacchetta una lista che ho fatto per il delegato Spinoso. Me la domandò e gliela devo ancora portare. Eccola qua, la leggo. In arrivo: un collo per la farmacia Catena (sono erbe medicinali che da queste parti non si trovano); un collo per la ditta Nicolosi (questo veniva da Alessandria, sicuramente dintra c'erano tappi); una littra per la signora

Adelina Gammacurta (del figlio che se la spassa a Roma e bussa sempri a denari); una littra per il cavaliere Francesco De Domini (di quella picciotta di Canicattì che è la sua amante e che lui dice che è sua nipote quando lo viene a trovare a Vigàta); una cartolina per il signor Carmine Lopìparo che viene da Milano (di suo fratello Peppe che è là a cercare la mogliere che se ne scappò con un uffiziale dei bersaglieri). E basta. Ora passo alla posta in partenza. C'erano tre littre e un bustone. La prima era della signora Finocchiaro alla figlia Carolina che è maritata a Trapani (mi pare che le cose tra marito e mogliere non vanno bene, lui le mette le corna e lei lo ripaga di buon peso); la seconda del Caffè Castiglione alla ditta Pautasso di Torino (che fabbrica un cioccolatto proprio buono); la terza era una littra anonima del cavalier Lo Monaco diretta al dottor Musumeci. Il bustone...».
«No, un momento, signor Tamburello. Perché mi viene a dire che la terza littra era anonima se sa che era del cavalier Lo Monaco?».
«Perché quello scrive solo littre anonime, è cosa cògnita. Passa tempo. Che deve fare povero vecchio? So che era del cavaliere pirchì accanuscio la calligrafia. Il bustone, dicevo, era il solito che il suocero di Filippo Genuardi gli spedisce a Palermo».
«Perché, Filippo Genuardi si trasferì? Non abita più a Vigàta?».
«Non si trasferì, ma da più di una mesata si trova a Palermo o per affari o per cose di fìmmine. Il suocero piglia le littre che gli arrivano, le mette in un bu-

stone e gliele spedisce a Palermo, in una pensione di via Tamburello, me l'arricordo perché è l'istisso cognome mio».

«Ma allora che cercavano?».

«Non rinesco a immaginarlo. Anzi, don Lollò, la supplico di un favore».

«Tutto quello che posso».

«Se lei, parlando, venisse a sapere qualche cosa... Mi spiego: se lei viene a sapere pirchì hanno fatto quello che hanno fatto... Non so, mi addomando se per caso non hanno voluto farmi uno sfregio... darmi un avvertimento, che so...».

«Ma che va pinsando? Uno sfregio, un avvertimento a un galantomo specchiato come a lei? Ad ogni modo stia tranquillo: se vengo a canoscenza di qualichicosa, l'informo come merita».

«Commendatore, io me ne scappo. Le bacio le mani. Per carità, comodo, non si disturbi».

«A presto, carissimo».

...

«Calogerino! Puoi venire, il signor Tamburello se ne andò».

«Comandi, don Lollò».

«Sentisti tutto dall'altra càmmara?».

«Sissi. L'indirizzo di Genuardi è a Palermo, una pinsione di via Tamburello. Parto subito».

«No, aspetta. A Palermo voglio venirci macari io. E prima ci sono cose da fare. Tu devi andare a trovare il cavaliere Mancuso, poi ti dico. Ma l'hai sentito quant'è fissa questo Tamburello? Gli ho portato il discorso in una certa maniera e m'ha detto l'indirizzo di Pippo Genuardi. Ma non potrà mai dire a nisciuno che io glielo abbia espressamente spiato. È ragionato?».

«Vossia è un dio, don Lollò».

«E la vuoi sapere un'altra cosa? Quando m'ha detto che in sacchetta aveva l'elenco della posta per darlo a Spinoso che glielo aveva spiato, ho avuto conferma che Spinoso è un vero sbirro. Alla stessa pinsata mia c'era arrivato prima lui».

«E qual è questa pinsata, don Lollò?».

«Quanto fanno due più due, Calogerino?».

«Quattro fanno, don Lollò».

«E che c'è nella cavagna, Calogerino?».

«Ricotta, don Lollò».

«E allora?».

«E allora che, don Lollò?».

«Stammi a sintìri che ti spiego. Mettiamo che un cassiere arrobba nella banca indove che travaglia. Per evitare che lo scoprono, che ti strumentìa? Fa in modo che finti latri entrino nella banca e si portino appresso la cassa. Giusto? Ma datosi che i latri dell'officio postale non arrubbarono nenti, ne risulta che Tamburello con la facenna non c'entra. Fila il ragionamento?».

«Una billizza, don Lollò».

«Dall'istisso fatto scende la conseguenzia che i latri erano finti latri».

«Ora non vi vengo appresso, don Lollò».

«Un latro vero se le pigliava o no le trecento lire che c'erano in un cascione dell'officio?».

«Sì».
«Oh, benedetto Iddio! E quindi significa che non cercavano dinari, ma qualichi altra cosa. Ora che c'è di tanto importante in un officio postale?».
«E che ne saccio, don Lollò».
«La posta c'è, Calogerì».
«Ma se Tamburello disse che la posta non se la pigliarono?».
«Non c'era bisogno d'arrubbarla, bastava taliàrla. I finti latri cercavano un indirizzo».
«Maria santissima che testa che tiene, don Lollò!».
«Un indirizzo tenuto sicreto, scògnito a tutti in paìsi».
«Quello di Pippo Genuardi!».
«Lo vedi che ci arrivasti? Ma a chi interessava conoscerlo? Nella famiglia sua, è certo che lo sanno ma non lo dicono. A chi? A un amico di Pippo? Se era un amico fidato, qualcuno di casa Genuardi glielo avrebbe portato a canoscenza. A un nemico? Ma Pippo non ha nemici che rischiano la galera per sapere dove abita a Palermo. Restiamo in tre. Io non c'entro con questa facenna. Manco il delegato Spinoso, tant'è vero che ha spiato a Tamburello l'elenco della posta. E io sono sicuro che appena leggerà l'elenco avrà conferma del pinsèro che gli passa per la testa. Che è l'istesso mio».
«E qual è questo pinsèro, don Lollò?».
«Che furono i Reali. L'Arma. I carrabbinera».
«Minchia».

B

(*Calogerino-Cavaliere Mancuso*)

«Ho una dignità, io, caro signor Calogerino! Non sono un pupo, io! Glielo faccia sapere al commendatore Longhitano!».
«Cavaliere Mancuso, nisciuno qua sta dicendo che lei è un pupo o che è omo senza dignità».
«Lei non lo dice, il commendatore non lo dice ma sta di fatto che lo pinsate!».
«Cavaliere, ci lo giuro che non l'abbiamo pinsato».
«E nossignore! Nossignore! Tant'è vero che avete avuto il coraggio di propormi quello che mi state proponendo! E questo viene a significare che lo pinsate, che io sono un pupo!».
«Coraggio, dignità... Ma che paroli usa, cavaliere? L'avverto, per il suo bene: non cominciasse a pisciare fòra del rinale. Vasannò, le cose cangiano. Mi spiegai? Il pinsèro, cavaliere, cosa di vento è, ora viene ora passa, solo i fatti hanno peso. Come per esempio, un fatto è che il commendatore sta facendo assumere suo fi-

glio al Banco di Sicilia. E perciò finiamola con questa camurrìa del pinsèro».
«Lei mi deve capire, Calogerino. Don Lollò l'ha fatto venire da mia perché vuole che io scriva una littra a Filippo Genuardi, ora stesso, e la consegni a lei che provvederà a fargliela recapitare. È così?».
«È accussì, non si sbaglia».
«Sempre secondo il commendatore Longhitano, in questa littra io dovrei scrivere che gli concedo il permesso di palificare per il telefono nel mio terreno e senza pagare una lira. Ho capito giusto?».
«Capì giusto».
«È questo che mi pesa».
«E pirchì?».
«Perché io a Filippo Genuardi avevo già detto di no, sempre su ordine del commendatore».
«Consiglio».
«Va bene, consiglio del commendatore».
«E dove sta la difficortà?».
«Ma Dio benedetto, come faccio a spiegarglielo a Pippo Genuardi che di colpo ho cangiato idea?».
«Quando lei gli fece la negazione, gliela spiegò la ragione?».
«No. Gli dissi un no sicco sicco e basta».
«E ora gli scrive un sì sicco sicco e basta».
«Senza che Pippo Genuardi mi abbia detto niente? Senza che sia tornato a domandarmi il permesso? Secondo lei io sono uno che una matina dice sì e la matina appresso dice no? E che sono diventato, un pulcinella? Una banderuola?».

«Allora che conclude?».
«Che non me la sento. Non voglio perdere la faccia».
«Sempre meglio perdere la faccia che...».
«Che?».
«... che il culo, per esempio. O il posto di suo figlio, tanto per fare un altro esempio. La saluto, cavaliere Mancuso. Riferirò al commendatore che lei questo favore non può farglielo».
«Aspetti, che prescia ha? Mi lasci almeno sfogare tanticchia, Madonna santa!».

C

(*Don Nenè-Delegato*)

«Buongiorno, signor Schilirò».

«Delegato Spinoso! Che fu? Che successe? Capitò qualche cosa a...».

«A suo genero? A Filippo Genuardi?».

«No, che va dicendo? Perché doveva capitare qualche cosa a Pippo mio genero? Vede, è che quando a uno gli spunta davanti un omo di legge, allora va a pinsare a centomila cose».

«E tra queste centomila cose la prima è sicuramente Pippo Genuardi che è l'unico di casa a trovarsi fòra Vigàta, a Palermo».

«Delegato, mio genero Pippo da qualche tempo si è trasferito a Palermo... A proposito, poi mi dice come fa a sapìri che si trova a Palermo... perché ha intenzione d'ingrandire, col mio appoggio, il magazzeno di legnami. Ha necessità di pigliare accordi, vedere persone, trattare con grossisti... Mi spiegai?».

«Signor Schilirò, parliamoci latino. Filippo Genuardi non è andato a Palermo per affari, ma per ammucciarsi».
«Oh bella! Ma che le salta in testa?».
«La verità, mi salta. E lei non sa fare tiatro, non sa dire farfantarìe, diventa magari rosso in faccia! Signor Schilirò, io sono venuto a disturbarla perché penso che suo genero sia pigliato di mira da due lati».
«Due?».
«Eh già, lei si meraviglia perché ne conosce uno solo che lo sta pigliando sotto punterìa: il commendatore Longhitano».
«E chi è l'altro?».
«L'altro, per fargliela breve, è mezzo Stato italiano».
«Lei mi vuole vedere morto assintomàto! Che mi sta contando? Aspittasse un momento che rapro la finestra pirchì mi manca l'aria. O Madonna biniditta!».
«Signor Schilirò, si faccia coraggio. Se lei s'appagna, si spaventa così, io non le dico più niente».
«Che fa, babbìa? Lei mi deve dire tutto!».
«A un patto: che macari lei mi dice tutto».
«Certo. Arrivati a quest'ora di notte, non c'è più niente da ammucciare».
«Premetto una cosa. Io non sto parlando con lei come delegato di pubblica sicurezza, ma come Antonio Spinoso, privato cittadino e, se mi permette, amico».
«Lei mi sta veramente facendo scantare».
«Comincio dal comincio. Dunque. Un giorno, al suo genero biniditto gli venne l'infelice idea d'ottenere la concessione di una linea telefonica con lei e perciò scris-

se tre littre al prefetto di Montelusa. Sbagliando, perché non era cosa di prefetto».
«Tre littre gli scrisse? E perché?».
«Perché dalla prefettura non gli arrispondevano. Ma, per una serie di storie complicate, il prefetto si fece persuaso che Genuardi Filippo era un sobillatore pericoloso, un sovversivo».
«E lo fece arrestare! A Pippo, che manco è andato mai a votare!».
«Questa non solo non è una giustificazione, ma può parere un'aggravante: il signor Genuardi non va a votare perché non crede in questo Stato e vuole farsene un altro a suo piacimento. Chiaro?».
«Allora faccio una correzione: Pippo non si è mai interessato di politica, non sa manco cosa sia».
«Senta, mi lasci andare avanti. L'unica cosa certa è che l'hanno arrestato e schedato. Se non era per il questore che interveniva su mia richiesta, a quest'ora suo genero stava ancora in càrzaro».
«Io ringrazio lei e il signor questore che...».
«Va bene, va bene. Ora deve sapere che proprio in queste giornate, a Palermo, sono riuniti tutti i capi del movimento operaio e contadino dell'Isola. I carrabbinera, sempre persuasi che suo genero faccia parte della congrega, sono riusciti a scoprirne l'indirizzo».
«E come?».
«Come, come... Lasciamo perdere ch'è meglio per lei e per me. Sanno che è a Palermo, sanno dove abita e faranno le umane e divine cose per fotterlo, dimostrando che lui fa parte della comarca dei sovversivi. Lo de-

vono fare per salvare la faccia. Questo per ciò che riguarda la latata dello Stato. Per ciò che riguarda la latata della maffia, e cioè del commendatore Longhitano, mi deve illuminare lei. Qualcosa certamente passò tra loro due. E ci metto la mano sul foco che darrè il rifiuto della ditta Sparapiano di fornire ancora legnami, darrè il no dei proprietari dei terreni sui quali deve passare la palificazione, darrè l'abbruciatina del quadriciclo, c'è sempre il nostro don Lollò. Che fa, piange?».
«Certo! Pinsando a questo mio povero genero, pigliato a mezzo tra lo Stato e la maffia!».
«Genuardi non è il solo, se questo può consolarla. I tre quarti dei siciliani stanno pigliati in mezzo tra lo Stato e la maffia. Ma non possiamo perdere tempo a parlare. La situazione è seria. E perciò sono necessarie due cose. La prima è che Pippo Genuardi cangi immediatamente di pàisi, non stia più a Palermo. La seconda è che lei non deve più scrivere a suo genero. Attraverso la posta chi vuole riesce a trovare, in un modo o nell'altro, il nuovo indirizzo».
«Guardi, delegato, si presenta un'occasione. Mia mogliere Lillina non sta bene, disturbi di fìmmine. Tra due o tre giorni andrà a Palermo accompagnata da sua soro per farsi visitare da uno specialista. Gli mando a dire tutto con Lillina, accussì siamo sicuri».
«Perfetto. E ora mi parli di Pippo e di don Lollò Longhitano».

D

(*Commendatore Longhitano-Pippo*)

«Sorprisa sorprisa sorprisa!».
«Don Lollò! Vossia qua?! O Madunnuzza santa! Morto sono!».
«Signor Genuardi! Signor Genuardi! Che fece, svenne? Acciuncò, questo figlio di buttana! Ma lo faccio arrisbigliare io!».
«Oddio... Oddio... Mi piglia a pagnittuna?».
«Sì, accussì si sveglia».
«Oddio... a botte mi vuole ammazzare?».
«Ma quali botte! Che è questo feto?».
«Addosso mi cacai, commendatore. Prima di... mi consente una preghiera? Posso recitare l'atto di dolore? Mio Dio, mi pento e mi dolgo...».
«Signor Genuardi, la finisca con queste buffonate».
«Maria che friddo che mi pigliò! Che friddo! Mi posso mettere una coperta sulle spalle?».
«Se la metteta e la finisca con queste lagrime».
«Da sole mi vengono. Maria che friddo! Tremo tutto, tremo».

«Signor Genuardi, si calmi e mi stia a sentire. Acciaccato come sono, mi pigliai il disturbo di venire a Palermo da Montelusa per mettere in chiaro la questione tra me e lei».
«Mi perdonasse, che è, armato?».
«Certo».
«Oddio! O Madunnuzza! Perché scoccia il revorbaro? Mi vuole ammazzare? Mio Dio, mi pento e mi dolgo...».
«E zitto! Muto!».
«E come faccio? Come faccio a stare muto? Mi veni di chiàngiri, di parlari, di prigari...».
«Guardi, il revorbaro che la scanta tanto lo metto qua sul comò, lontano da mia».
«Maria che càvudo che mi pigliò! Maria, che càvudo! Sto sudando tutto! Può raprirmi la finestra? Io non ce la faccio a cataminarmi, se mi suso dal letto, cado».
«Apriamo la finestra al signorino. Accussì macari se ne va via tanticchia del feto della merda che s'è fatta addosso. Però stia attento che la finestra ora è aperta».
«E che viene a dire, ah? Che viene a dire che la finestra è aperta?».
«Viene a dire che se lei non se ne sta buono e calmo a sentirmi, io la catafotto fòra di questa stessa finestra».
«Buono sono. Calmo sono. Parlasse».
«Dunque. Il signor Schilirò, suo suocero, l'altro giorno è venuto a dirmi...».
«Glielo desi lui il mio indirizzo di Palermo?».
«No».
«E allora come ha fatto lei...».

«L'ho saputo per i fatti miei. E non mi interrompa più. Divento nirbùso quando m'interrompono. Ripigliamo. Suo suocero venne a spiegarmi ch'era successo un equivoco. In parole povere, mi giurò che lei e Sasà La Ferlita non vi eravate appattati per pigliarvi spasso di mia».
«E ci lo giuro macari io! Privo della vista degli occhi!».
«Muto, le dissi. Le parole di suo suocero m'hanno convinto».
«O Madonna ti ringrazio!».
«A metà».
«A metà? Che viene a dire a metà? Lei mi vuole arrostire a foco lento».
«A metà. Perché io abbisogno di una prova certa, lampante, che tra lei e Sasà non ci fu accordo».
«E va bene. Mi dicisse quale dev'essere questa prova certa... Mi dicisse quello che vuole che io faccio e lo faccio».
«Ora ci arrivo. Intanto le ho portato due littre. Se le legge dopo, se vuole io le dico quello che c'è scritto. Una è della ditta Sparapiano, dice che è stato uno sbaglio, le domandano mille volte scusa e si mettono a completa disposizione per tutto il legname che le occorre».
«Vuole sgherzare?».
«Non sgherzo mai, né su questo né su altre cose. La seconda littra è del cavaliere Mancuso. Dice che ci ha ripensato, che lei può fare sul suo terreno tutti i pirtùsa che vuole e lui non pretenderà manco una lira. Contento?».
«Mi perdonasse, ma per la contentezza mi si sta smuovendo dacapo lo stomaco».

«Si tenga ancora per cinque minuti. Magari per il quatriciclo a motore sto cercando una strata con un amico dell'assicurazione perché scoccino i fìllari senza rompere i cabasisi. E con questo le ho fatto toccare con mano che alle parole di suo suocero ci ho creduto. A metà».
«E per l'altra metà?».
«Questo è il busillisi. Prima le voglio fare sapere un'altra cosa: stia accorto che i carrabbinera, sempre più pirsuasi che lei sta coi sovversivi, hanno saputo il suo indirizzo di qua. E perciò sicuramente la sorvegliano».
«Madunnuzza santa! Ma quest'indirizzo lo sanno orama' porci e cani! Come hanno fatto?».
«Lasciamo perdere».
«Come faccio a fargli cangiare pinsèro?».
«Ai carrabbinera?! Farci cangiare pinsèro? Ma quelli quando amminchiano su una cosa non c'è Dio! Meno male per lei che il diligato Spinoso la pensa diversamente».
«Dacapo friddo sento. Maria, chi friddo! Tutto tremo. Può chiudere la finestra? Io ho le gambe di ricotta».
«Ecco fatto. Per tornare al discorso nostro: lo sa che sono in potere dell'indirizzo giusto del suo amico Sasà La Ferlita? Eccolo scritto qua, su questo pizzino di carta».
«Perché me lo mette sul comò? A lei serve, se deve andare a trovarlo».
«Io? Io no».
«Ci manda un'altra pirsona?».
«Sì. Lei. Per questo le sto lasciando revorbaro e indirizzo».

«Io?! E che gli dico?».
«Non ci deve dire niente. Lei lo va a trovare e gli spara».
«Aaaaaaaaaaaaaaahhhhhhhhhh!».
«In caso contrario, lo sparato è lei».

Cose scritte sei

TENENZA dei REALI CARABINIERI di VIGÀTA

A S.E. il Prefetto
di
Montelusa

Vigàta li 4 maggio 1892

Oggetto: *Genuardi Filippo*

Eccellenza!
Rigorosamente attenendosi alle disposizioni emanate dal Direttore Generale della Pubblica Sicurezza, Gran Uff. Sensales, con dispaccio urgentissimo il signor Questore di Palermo informava della prima riunione, avvenuta colà il 28 aprile c.a., degli adepti al così detto «Fascio dei lavoratori».
Tra i pericolosi mestatori convenuti che è stato possibile identificare, ricompare il nome di Filippo Genuardi, già segnalato nella circolare del Direttore Generale di Pubblica Sicurezza in data 8 aprile c.a.
Orbene, a questa Tenenza corre l'assoluto obbligo di portare a conoscenza di V.E. quanto segue:

1) Risultando da lunga pezza assente da Vigàta il sunnomato Genuardi, immediatamente intuimmo che egli erasi recato altrove non per il disbrigo di suoi offici (come qualcuno dei famigliari ha sparso voce), ma per tessere oscure sue trame. Inviammo perciò un nostro carabiniere in borghese perché domandasse, con un banale pretesto, l'indirizzo del Genuardi al di lui suocero Schilirò Emanuele. Ma questi, pur con imbarazzo evidente, mostravasi reticente eludendo di fatto la risposta. L'atteggiamento del congiunto vieppiù confortò la nostra intuizione.
2) L'appuntato scelto Licalzi Paolantonio, proteso alla ricerca del Genuardi, ci sottoponeva richiesta d'autorizzazione ad un suo ardito piano onde venire a conoscenza indubbia dell'indirizzo dell'agitatore. In un primo momento, data la rischiosità del piano che, in caso d'infausto fallimento, avrebbe di certo portato nocumento alla carriera del Licalzi e al buon nome dell'Arma, opposi fermo diniego. A malgrado delle insistenze reiterate del Licalzi e del carabiniere Trombatore Anastasio che all'impresa del suo superiore e amico Licalzi unirsi voleva, mantenni fede al primiero rifiuto. Ma la circolare del Direttore Generale di Pubblica Sicurezza che, prospettando la gravità della situazione, esortava all'azione, ruppe ogni mio indugio.
L'ardito piano, messo in atto con cautela e discrezione, ha dato il brillante risultato sperato: portarci a conoscenza dell'indirizzo del Genuardi.
3) Appreso che il Genuardi abita in una pensione di

via Tamburello a Palermo, abbiamo debitamente informato il Comando dei Reali Carabinieri di colà che disponevano immediatamente l'attenta sorveglianza dell'individuo in oggetto.
4) Diabolicamente il Genuardi deve essere riuscito a sfuggire alla stretta sorveglianza cui era sottoposto (i rapporti giornalieri dei RR CC di Palermo non segnalano alcun movimento sospetto del Genuardi), diversamente non potrebbe spiegarsi la sua partecipazione alle riunioni preparatorie e alla manifestazione fondatoria dei «Fasci dei lavoratori» come si evince dalla circolare della Direzione Generale di Pubblica Sicurezza e dal successivo rapporto del Questore di Palermo.
Abbiamo portato a conoscenza di V.E. quanto sopra non per vano sfoggio di merito, adusi come siamo a «obbedir tacendo e tacendo morir», ma per essere ragguagliati sui provvedimenti da adottare non appena il Genuardi farà rientro a Vigàta.
Limitarsi alla sorveglianza, sia pure vieppiù solerte, nei riguardi di un individuo come il Genuardi che si caratterizza per la grande capacità d'elusione (talvolta par dotato del dono dell'ubiquità!) e per rilevante pericolosità sociale, ci pare, e V.E. ci perdoni l'ardire, provvedimento assolutamente inadeguato e irrilevante, stante anche il singolare atteggiamento del Delegato di P.S. di Vigàta, Antonio Spinoso, che agisce in modo tale da parere non solo riluttante, ma addirittura ostile alle nostre indagini sul Genuardi. Non si tratta certo di connivenza, ma di disaccorta ottusità.

Forse, nel caso del Genuardi, un ordine di restrizione sarebbe più che opportuno.
Doverosamente

Il Comandante la Tenenza dei RR CC
(*Ten. Ilario Lanza-Scocca*)

REGIA PREFETTURA DI MONTELUSA

Il Prefetto

Al Grande Ufficiale
Arrigo Monterchi
Questore di Montelusa

Montelusa li 6 maggio 1892

Signor Questore,
con la presente vengo a comunicarle che un generale miglioramento del mio stato di salute, gravemente menomato per una caduta di cui lei *certamente* sarà stato informato *in tutti i particolari*, mi ha consentito di riprendere saldamente in mano le redini della Prefettura. E ciò da qualche giorno.
La informo altresì che il mio ex Capo di Gabinetto, Parrinello Corrado, è stato trasferito, su mia urgente richiesta, alla Prefettura di Sassari (Sardegna) con mansioni di Archivista Capo. La condotta di questo spregevole individuo nei miei confronti è stata indegna ed immonda. Egli, facendosi forte di un mio momentaneo stato di smarrimento dovuto alle dure

prove cui la Vita ha voluto sottopormi, sistematicamente ometteva il tenermi informato di fatti che necessitavano di un mio pronto intervento. Non pago di ciò, alle giuste rimostranze dei postulanti, opponeva l'aggravarsi delle mie condizioni, qualificandomi così agli occhi di tutti quale un rottame, un peso per la Prefettura. È inutile che mi dilunghi oltre sulle malefatte del Parrinello che del resto lei *dovrebbe conoscere benissimo*.

Porto a sua conoscenza che a decorrere da ieri ho nominato mio Capo di Gabinetto il dottor Giacomo La Ferlita, uomo leale e generoso che mi ha disvelato i maneggi e le trame del Parrinello ai miei danni. Tra l'altro il dottor La Ferlita ha ritenuto di mettermi a parte del suo sospetto che la mia caduta dalle scale non sia stata accidentale, ma provocata ad arte dal Parrinello per pura brama di potere, per governare la Provincia in mia vece. Purtroppo il dottor La Ferlita non può addurre prove, altrimenti ben volentieri avrei sporto denuncia alla Magistratura avverso il mio ex Capo di Gabinetto per tentato omicidio.

Per sua conoscenza, l'informo che è stata accolta, dal Comandante la Legione dei Reali Carabinieri di Palermo, la mia richiesta d'arresto per Genuardi Filippo, il quale colà trovasi. Provvedimento da me preso dopo aver ricevuto un particolareggiato rapporto dalla Tenenza dei RR CC di Vigàta che le trasmetto in copia. Già in precedenza il Tenente Lanza-Scocca aveva segnalato la perniciosità del Genuardi, ma il Parrinello,

per oscure ragioni che non ha voluto rivelarmi, era riuscito ad occultarmi le relative segnalazioni.
Le faccio richiesta, in atto ufficiale, di procedere disciplinarmente contro il suo sottoposto Antonio Spinoso, Delegato di P.S. di Vigàta, la cui condotta è stata sempre d'intralcio alle brillanti operazioni dei RR CC.
Generosamente, il Tenente Lanza-Scocca esclude qualsiasi collusione tra il Genuardi e lo Spinoso. Io sono invece di parere contrario, temo che la collusione sia anche di *altra e alta levatura*. Sed de hoc satis.
Distinti saluti

Il Prefetto
(*Vittorio Marascianno*)

(*Riservata personale*)

Al Signor Questore
di Montelusa

Vigàta li 8 maggio 1892

Signor Questore,
siamo daccapo a dodici! Non so più se devo ridere o piangere. Cercherò di rispondere ordinatamente a malgrado che la rabbia mi faccia lacrimiare gli occhi e tremare la mano.
Il Genuardi F. (puntato) di cui viene fatta menzione nella circolare della Direzione Generale di Pubblica Sicurezza e che ritorna, sempre con la F. puntata, nell'informativa che il signor Questore di Palermo ha inviato ai Colleghi dell'Isola, non necessariamente deve chiamarsi Filippo, come d'autorità hanno stabilito i Reali Carabinieri di Vigàta, ma il suo nome di battesimo potrebbe essere, a piacere, Filiberto, Federico, Fulvio, ecc.
E difatto trattasi di Genuardi Francesco, di anni 42 (quindi di dieci anni più anziano), figlio di Barresi Cettina e di Genuardi Nicolò Gerlando, nato sì a Vigà-

ta e quindi iscritto all'anagrafe di qua, ma dai genitori portato a Palermo all'età di mesi tre e lì fino ad ora domiciliato.
Il Genuardi Francesco, preciso, non ha alcun tratto di parentela con il Genuardi Filippo.
Francesco Genuardi è da molto tempo conosciuto da tutte le Questure e Delegazioni della Sicilia perché individuo violento, rissoso, dedito al bere, sempre pronto alla sobillazione e alla rivolta. È stato più volte condannato.
Che il Genuardi Filippo non abbia nemmeno col pensiero partecipato alla fondazione del «Fascio dei lavoratori» è cosa largamente comprovata dal rapporto arrivatomi proprio ieri da Palermo del collega Battiato Vincenzo (che le alligo), appositamente da me pregato di far sorvegliare le mosse del Genuardi Filippo per ragioni completamente diverse da quelle dei RR CC.
Premetto che, mentre i RR CC di Vigàta sono entrati in possesso dell'indirizzo del Genuardi Filippo con un procedimento illegale e passibile di grave condanna (non me la sento di rivelarglielo; se ne venisse a conoscenza lei dovrebbe procedere d'officio), io ne sono venuto in possesso semplicemente conquistandomi la fiducia del suocero del Genuardi.
Signor Questore: se sto facendo sorvegliare a Palermo il Genuardi Filippo è perché temo per la sua vita.
È mio convincimento, come già le scrissi, che dietro le recenti traversìe del Genuardi ci sia la mano di quell'uomo di rispetto di cui le feci cenno e il cui nome è don Calogero («Lollò») Longhitano, Commendatore (!)

Ho magari appreso che in questi giorni il Longhitano ha estorto a uno dei proprietari, Filippo Mancuso, una lettera di consenso (prima negata) per la palificazione sul tratto di terreno di cui può disporre. Nello stesso tempo il Longhitano faceva in modo che la ditta Sparapiano recedesse dal primitivo proposito di non fornire più legnami al Genuardi.
Questo mi ha fatto vieppiù preoccupare. Non si tratta, come qualcuno ignaro dei sistemi dei maffiosi potrebbe credere, di segnali pacificatori da parte del Longhitano. Tutt'altro. Egli sta operando sulla volontà del Genuardi all'istesso modo dei contadini quando vogliono far camminare un asino restio: il bastone e la carota.
La domanda che mi pongo è questa: su quale strada il Longhitano vuole che il Genuardi si metta? E, in caso d'ostinato rifiuto, userà il bastone fino ad ammazzarlo?
Posso intanto anticiparle quello che troverà dettagliato nel rapporto del mio collega Battiato da Palermo: durante la permanenza nella pensione di via Tamburello, il Genuardi ha ricevuto solamente due visite. La prima, durata poco più di un'ora, del Longhitano (appunto); la seconda, durata oltre quattro ore, della giovane moglie del suocero. Dopo quest'ultima visita il Genuardi ha fatto perdere le sue tracce, sfuggendo così all'arresto ordinato dal Prefetto di Montelusa.
Qualcosa sta succedendo: il Genuardi si è messo sulla strada voluta dal Longhitano o è scappato per non obbedirgli, seguendo forse un suggerimento del suocero trasmessogli attraverso la moglie, la signora Lillina.

Io non posso domandare una collaborazione maggiore ai colleghi di Palermo: troppo essi sono attualmente impegnati a schedare i politici e a trascurare i mafiosi. Mi perdoni lo sfogo. Ad ogni modo, tornando alla lettera del Prefetto: le comunico che, se lei lo riterrà opportuno, sono pronto a rassegnare le dimissioni.
Di lei sinceramente devot.mo

Antonio Spinoso

«La Gazzetta di Palermo»

Quotidiano

Dir. G. Romano Taibbi 9 maggio 1892

TENTATO OMICIDIO CON INCIDENTE

Il ragionier Rosario La Ferlita, sortendo ieri dalla sua abitazione sita in via Oreto n. 75, cominciava improvvisamente a darsi alla fuga perché aveva intravisto qualcuno che l'aspettava ne' pressi del portone. Difatti l'individuo, notato il La Ferlita, esplodeva inverso lui un colpo d'arma da fuoco che raggiungeva la vittima al polpaccio sinistro. L'esplosione imbizzarriva un cavallo attaccato a un carro carico di frutta ch'era nei pressi. L'animale, in folle corsa, travolgeva col carretto il La Ferlita che intanto era caduto a terra.

Prontamente fermato dal signor Signorello Angelo, una Guardia Carceraria che si trovava a passare, lo sparatore è stato tratto in arresto. Trattasi di Genuardi Filippo, di anni 32, abitante in Vigàta (Montelusa). Sull'accaduto non ha voluto rilasciare dichiarazione, trincerandosi nel più assoluto mutismo.

Particolare curioso: il Genuardi è risultato in possesso di provvisoria licenza di porto d'arme, rilasciata dall'officio competente in data 8 c.m., quasiché il Genuardi avesse atteso d'essere in regola con la Legge prima di compiere il tentativo d'omicidio!

Ricoverato all'Ospedale «Beata Vergine», il La Ferlita, oltre alla ferita alla gamba mancina, soffre di numerose fratture e di una forte commozione cerebrale dovute al carro che l'ha travolto.
La P.S. indaga.

«La Gazzetta di Palermo»

Quotidiano

Dir. G. Romano Taibbi | 10 maggio 1892

NUOVE ACCUSE PER IL GENUARDI

Filippo Genuardi, di anni 32, da Vigàta, è stato raggiunto, nel carcere dell'Ucciardone ove trovasi ristretto per il tentato omicidio del ragionier Rosario La Ferlita, da un nuovo ordine di carcerazione cautelare per attività sobillatoria, partecipazione a raduni sediziosi, tentata truffa ai danni della «Fondiaria Assicurazioni», incendio doloso, turbativa dell'ordine pubblico.

Il provvedimento è stato emanato dal nostro Tribunale su richiesta della Prefettura di Montelusa.

Il Genuardi, che non ha ancora disvelato le ragioni del suo gesto, ha nominato quale difensore l'avv. Orazio Rusotto, figura eminente del Foro palermitano.

Apprendiamo che le condizioni generali del ragionier La Ferlita permangono gravi. Tra l'altro il dottor Pietro Mangiaforte, primario dell'ospedale, ha riscontrato nel paziente un'amnesia totale, dovuta al trauma cranico.

Il fratello del La Ferlita, dott. Giacomo, attualmente Capo di Gabinetto del Prefetto di Montelusa, per conto e in nome di Rosario La Ferlita si è costituito Parte Civile contro il Genuardi. A rappresentarlo in Tribunale sarà l'avv. Rinaldo Rusotto, fratello minore del difensore del Genuardi.
Il dottor Giacomo La Ferlita ha tenuto a specificare che il mandato all'avv. Rinaldo Rusotto è relativo *solo* all'episodio criminoso del ferimento.

MINISTERO DELL'INTERNO
DIREZIONE GENERALE DI PUBBLICA SICUREZZA

Il Direttore Generale

Ai Sigg. Prefetti
della SICILIA
Sedi

Ai Sigg. Questori
della SICILIA
Sedi

Roma li 16 maggio 1892

Come le loro Eccellenze e lor Signori certamente sapranno, a far data dal 5 di maggio testé trascorso, si è insediato il nuovo Governo presieduto da Sua Eccellenza Giovanni Giolitti.
Fin dalla prima riunione del Consiglio dei Ministri, stante la nota inviatami da S.E. il Ministro dell'Interno, il Presidente Giolitti ha espresso la precisa e determinata volontà di sostanziali riforme nell'atteggiamento fino ad ora tenuto dalle Forze dell'Ordine verso tutti coloro che, in forme più o meno palesi, hanno ma-

nifestato e continuano a manifestare idee di palingenesi sociale.
Sua Eccellenza Giolitti ha altresì soggiunto che è suo proposito il garantire a tutti i cittadini libertà di pensiero, libertà d'opinione e possibilità di libera associazione, personalmente impegnandosi alla vigilanza acciocché il suo proposito sia di fatto messo in atto dalle Autorità competenti.
Pertanto S.E. il Ministro dell'Interno mi ha fatto pervenire le disposizioni seguenti che devono essere *tassativamente* eseguite senza burocratici indugi:
1) Immediata cessazione delle schedature.
2) Immediata cessazione delle intercettazioni e dei controlli postali.
3) Immediata cessazione di pedinamenti, perquisizioni, ecc.
4) Immediata cessazione della fornitura a Banche, Istituti di Stato, Enti, di informazioni inerenti le idee politiche di un qualsiasi cittadino.
5) Restituzione a tutti gli aventi diritto di qualsivoglia documento sequestrato per motivi politici.
Questa Direzione Generale è pronta a rispondere a tutti i quesiti che potranno pervenirle sull'argomento.
È tacito che in presenza di atti di violenza o di turbamento dell'ordine pubblico si dovrà procedere come di consueto, Codice Penale alla mano.
Le loro Eccellenze e Lor Signori ricevono gli auguri di buon lavoro.

Il Direttore Generale di P.S.
(*Giuseppe Sensales*)

P.S. *Solo al fine di documentare* l'immane mole di lavoro svolto in ossequio agli ordini ricevuti dal passato Governo Di Rudinì, ritengo opportuno che tutto il materiale raccolto (schedature, rapporti, indirizzi, lettere anonime, resultanze varie) non vada distrutto né tampoco bruciato: esso va archiviato in ordinati faldoni prontamente reperibili.

(*Personale*)

A S.E. Vittorio Marascianno
Sua abitazione privata
Regia Prefettura di
Montelusa

Roma li 18 maggio 1892

Carissimo Marascianno,
mi è giunta graditissima la Sua del 10 maggio c.a. con la quale mi significa il miglioramento delle Sue condizioni di salute dopo la rovinosa caduta e La prego di credermi che ne sono veramente felice.
Entro subito, e con franchezza, in argomento.
Da più parti sono stato informato di un arresto che Lei avrebbe «arbitrariamente» ordinato nella persona di tale Genuardi Filippo di Vigàta.
Ho fatto svolgere accurati accertamenti, non per mettere in discussione il Suo agire, ma per salvaguardarLa da una mossa involontariamente errata, anche perché l'indirizzo del nuovo Governo è quello di pervenire ad una generale pacificazione degli animi.
Orbene, gli accertamenti hanno acclarato l'esiguità

(se non la fallanza) delle prove sulle quali la Sua accusa si basa. Certamente Lei *è stato tratto in inganno da informazioni erronee.*
Lei sa che sono stato io, per far piacere a Persona che mi fu sommamente cara, a metterLa in carriera, come si usa dire, e ad assisterLa ne' primi vacillanti passi: paternamente quindi Le suggerisco nel Suo stesso interesse di far rimettere subito in libertà il Genuardi, se non ristretto per reati non politici. Ove questi ultimi sussistano (come pare), il Genuardi resterebbe in galera, ma non potrebbe certo spacciarsi da perseguitato dallo Stato nella Persona di Chi lo rappresenta.
Ho disposto, motu proprio, che le venga concesso un mese di congedo per convalescenza.
Un caro saluto

Giuseppe Sensales

REGIA PREFETTURA DI MONTELUSA

Il Prefetto

Al Grande Uff. Dott.
Pompilio Trifirò
Giudice Tribunale Penale
Palermo

Montelusa li 19 maggio 1892

Oggetto: *Genuardi Filippo*

Signor Giudice,
le faccio presente che in data odierna ho dato precise disposizioni perché le accuse di attività sediziosa, turbativa dell'ordine pubblico, incendio doloso, tentata truffa ai danni della «Fondiaria Assicurazioni» a carico della persona in oggetto, siano immediatamente ritirate.
Esse sono state originate dalla colpevole disattenzione del Comandante la Tenenza dei Reali Carabinieri di Vigàta il quale, non pago d'avere operato un disgraziato scambio di persona, ha creduto che il Genuardi

avesse commesso una serie di atti criminosi per trarne profitto.
Ella certamente comprenderà quanto questa ritrattazione mi costi, ma «amicus Plato sed magis amica veritas»!
Scusandomi per il disturbo arrecatole, suo

Il Prefetto di Montelusa
(*Vittorio Marascianno*)

COMANDO GENERALE DELL'ARMA DEI REALI CARABINIERI

Il Comandante Generale per la Sicilia

Al Tenente
Ilario Lanza-Scocca
Tenenza dei Reali Carabinieri
Vigàta

Palermo li 10 giugno 1892

Tenente!
Lei, per motivi che mi sfuggono ma che saranno portati a luce dall'inchiesta da me oggi stesso promossa nei suoi riguardi, non solo ha agito con disdicevole leggerezza nei confronti di S.E. il Prefetto di Montelusa, ma ha anche esposto al ludibrio alcune tra le massime Autorità dello Stato.
Pertanto i miei provvedimenti per la sua indegna condotta sono i seguenti:
1) Impartizione della deplorazione solenne che verrà registrata nelle di lei note caratteristiche.
2) Arresti di giorni 20 (venti).
3) Trasferimento, da effettuarsi entro e non oltre il

30 agosto p.v., presso il Comando dei Reali Carabinieri di Oristano (Sardegna) in qualità di subalterno.

Il Comandante Generale
(*Carlo Alberto de Saint-Pierre*)

Cose dette sei

A

(*Avvocato Orazio Rusotto*)

... e quindi non mi resta che chiedere venia per questa mia lunga premessa che ancora non entra nel merito del processo che si sta celebrando... Oddio! Ho detto or ora proprio così? Signor Presidente, Signori della Corte, aiutatemi, vi prego! Ho proprio detto: «che non entra nel merito?». Ebbene, ho sbagliato, Signori! Per la prima volta, pubblicamente, l'avvocato Orazio Rusotto è costretto ad ammettere d'essersi sbagliato, d'avere commesso un errore gravissimo! Perché invece tutto quello che ho detto sino a questo momento c'entra, eccome c'entra! Perché allo stesso modo che il mio difeso, Filippo Genuardi, si è visto, a causa di un banale scambio di persona, tramutare in un sovversivo negatore di Dio, della Patria e della Famiglia, allo stesso modo, ripeto e sottolineo, qui si sta rischiando di cangiare un generoso e altruistico gesto del Genuardi in un atto criminale.
L'errore giudiziario, o Signori, è il pericolo tremendo che incombe su ogni processo. La domanda che atta-

glia il cervello, il cuore, il sentimento di ogni uomo che esercita la Giustizia e fa insonni le sue notti è sempre uguale: sto io fallando?
Epperciò mi atterrò strettamente ai fatti, concreti, pesanti, che fughino il benché minimo dubbio.
Il testimone Patanè Giovanni, che ha un banco di frutta e verdura allocato proprio allato il portone della casa dove abita il ragionier La Ferlita, ha dichiarato, *sotto giuramento*, che vide il Genuardi estrarre il revolver e sparare in aria.
La testimone Cannistrello Pasqualina, venditrice ambulante, ha dichiarato, *sotto giuramento*, che vide il Genuardi «sparari all'aceddri», come si è coloritamente espressa: sparare agli uccelli, cioè in aria.
Volete che vi annoi con l'elenco di ben sette altri testimoni che hanno concordemente dichiarato, *sotto giuramento*, la medesima cosa? Sono essi, tutti indistintamente, spergiuri? Se è così, io formalmente la invito, Signor Pubblico Ministero, a procedere d'officio contro di loro per falsa testimonianza.
Se lei non lo fa, questo implicitamente viene a significare che i testimoni hanno affermato il vero e cioè che il mio difeso sparò in aria.
E veniamo alla testimonianza della Guardia Carceraria che operò il fermo del Genuardi. La Guardia, *sotto giuramento*, ha dichiarato che, nel preciso momento in cui il Genuardi sparò, egli era intento a scegliere delle pere al banco del testimone Patanè e che fu il rumore dello sparo a farlo voltare di scatto.
Vide, testuali parole, il Genuardi «che calava la ma-

no armata» quindi non è assolutamente in grado di precisare se il Genuardi avesse sparato in aria oppure in direzione del La Ferlita. Ha aggiunto magari che, al momento del fermo, non solo lo sparatore non oppose resistenza (e dire che era ancora con l'arma fumante in mano mentre la Guardia era disarmata), ma pareva addirittura privo di volontà, come inebetito. Concludendo, non c'è nessuno che abbia potuto testimoniare d'aver visto il Genuardi puntare il revolver contro il La Ferlita.
Signor Presidente! Signori della Corte!
Con parole semplici, con accenti semplici, vi dirò la verità dei fatti, così come io l'ho appresa dalle parole rotte, commosse e sconsolate del Genuardi, un uomo ferito nell'onore e umiliato, un uomo del quale il destino cinico e baro sembra volersi beffare! Ma, badate bene, io il racconto ch'egli mi ha fatto l'ho voluto verificare punto per punto, perché nessuno, in quest'aula e fuori di quest'aula, ha mai potuto affermare che l'avvocato Orazio Rusotto abbia assunto la difesa di qualcuno della cui innocenza non fosse profondamente convinto.
Da qualche tempo trasferito per affari a Palermo dalla natìa Vigàta, Filippo Genuardi viene casualmente a sapere l'indirizzo del suo compaesano e fraterno amico Rosario La Ferlita di cui aveva perduto le tracce. Genuardi e La Ferlita, amici fin dall'infanzia, seduti per anni a scuola nello stesso banco, hanno condiviso dipoi le emozioni dei primi amori, le prime disillusioni, sempre reciprocamente confidandosi tutto.

Erano inseparabili, a Vigàta li chiamavano «Castore e Polluce». Erano sempre pronti alla difesa l'uno dell'altro, sempre disposti a dividere tutto, pane, danaro, felicità. Quando il Genuardi contrasse matrimonio, il La Ferlita s'indebitò fino al collo per fare un prezioso regalo agli sposi. Quando La Ferlita ammalò, per un mese il Genuardi lo vegliò giorno e notte. L'amicizia! Questo divino dono di cui solo gli esseri umani, per bontà del Creatore, possono appieno godere sulla terra! Ricordate Cicerone, il grande Cicerone? «Quid dulcius quam habere, quicum omnia audeas sic loqui ut tecum?». Basta! Non vorrei commuovermi e farvi commuovere. E dunque, detto tutto ciò, era più che naturale che il mio assistito andasse a trovare l'amico che non vedeva da così tanto tempo. Arrivato nei pressi del portone, egli vide che l'amico ne usciva correndo. Perché il La Ferlita correva? Non certo per evitare l'incontro col Genuardi, che anzi egli nemmeno notò, ma perché aveva un considerevole ritardo sull'appuntamento preso il giorno avanti con il signor Galvaruso Amilcare. Lo stesso Galvaruso, *sotto giuramento*, ha affermato esser questa la verità.
Devo, purtroppo, aprire una parentesi. Il cronista del quotidiano locale, nel narrare la vicenda, scrisse che il La Ferlita si mise a correre non appena vide il Genuardi appostato. Ecco, o Signori, come si travisano i fatti! Ecco come la stampa usa distorcere la realtà creando nell'opinione pubblica un fumus di colpevolezza prima che i fatti siano acclarati. E questo irresponsabile modo d'agire predispone il fertile humus del-

l'errore giudiziario. E consentitemi di ricordare, solo per inciso, che chi vi parla per ben due volte è stato vittima d'errore, ha patito innocente la galera, ma alla fine la Giustizia ha saputo ristabilire la verità e io, ex accusato innocente, sono qui a difendere dall'errore un altro innocente, avendo sofferto nella mia carne e nel mio spirito il terribile vulnus dell'innocenza negata. Chiusa la breve parentesi.
Dunque stavo dicendo che, arrivato nei pressi del portone, il Genuardi vide l'amico sortirne di corsa. Stava per chiamarlo quando, con orrore, s'accorse che un cavallo imbizzarrito legato a un pesantissimo carretto puntava dritto sul La Ferlita che intanto, essendo inciampato, era caduto per terra. Fulmineamente, per evitare il peggio, nel tentativo di far scartare il cavallo dal suo micidiale percorso, il Genuardi estrasse il revolver ed esplose un colpo in aria. Purtroppo il cavallo, malgrado lo sparo, proseguì la sua fatale corsa.
Questo è tutto! Questa è la chiara, inequivocabile verità.
Ah, ho capito! C'è qualcuno tra di voi che a stento trattiene il sorriso. Ho capito. Intuisco quello che qualcuno tra voi mi sta dicendo: «eh no, caro avvocato Rusotto, tu non ce la stai contando giusta! Com'è che la pallottola andò a conficcarsi nella gamba del La Ferlita steso a terra, se il Genuardi aveva sparato in aria?».
Credetemi, Signori, voi mi rivolgete la domanda che io stesso per primo in lunghe tormentate notti mi sono rivolto. E a se stesso la medesima domanda l'ave-

va rivolta il Genuardi con inesauribile tormento. Signor Presidente! Signori della Corte!
L'incontrovertibile risposta a questa assillante domanda mi è pervenuta solo l'altrieri dall'acume e dalla scienza dell'esimio professore Aristide Cusumano-Vito, luminosa figura d'esperto balistico. Il professor Cusumano-Vito, come tutti in questo Tribunale sanno, ci ha lasciati una quindicina di giorni orsono per un attacco di cirrosi epatica. Ma aveva voluto redigere la perizia sia pure con mano tremante, tale da rendere a tratti irriconoscibile la sua grafia, a causa dei tremendi dolori che l'attanagliavano. Il figlio del professore, ritrovato il documento tra le carte paterne, ha voluto consegnarmelo quando già io avevo perduto ogni speranza d'ottenerlo. Esibisco la perizia e chiedo che venga acquisita agli atti.
In essa il professor Cusumano-Vito afferma che il colpo, appena esploso, salì verso l'alto, ma solo per un attimo, perché subito, nella sua trajettoria, impattò contro la ringhiera di ferro del balcone sotto il quale trovavasi il Genuardi. La pallottola, rimbalzando ad angolo acuto, andò a colpire la gamba del La Ferlita.
Il mio assistito ha sparato in aria con prontezza di riflessi per evitare che all'amico amato, al fratello!, potesse...

B

(*Sasà-Giacomo La Ferlita*)

«E finalmente finalmente finalmente! Beati gli occhi che ti vìdino! Dall'otto di majo che sto struppiàto in fondo al letto di un ospitale e tu non sei mai vinuto a trovarmi! Che bello fratre che ho! Me ne posso vantare!».

«Ti sei sfogato, Sasà? Posso parlari? Credimi: da quando sono addiventato Capo di Gabinetto alla Prefettura non trovo manco un minuto per mangiari, sono subissato di travaglio, altro che trovare il tempo di vèniri da Montelusa a Palermo! Ti trattano beni qua all'ospitale?».

«Beni? Per curarmi, mi stanno curando beni. Ma ho l'impressioni d'essere in càrzaro, Giacomì».

«Ma che dici?».

«Talìa tu stesso: appena m'hanno portato in ospitale, m'hanno inserrato a solo dintra questa càmmara, non posso vidìri a nisciuno, nisciuno può trasìre qua dintra, manco un cane m'arrisponde bai se faccio una do-

manda, non m'accattano il giornale. Non saccio nenti di nenti di quello che càpita fòra. Per esempio: lo stanno facendo il processo a quel grandissimo cornuto di Pippo Genuardi?».
«Lo stanno facendo».
«E come procede, ah?».
«Bene, da un certo punto di vista».
«Che significa da un certo punto di vista, Giacomì? Il punto di vista uno solo è, che questo cornuto, d'ordine di don Lollò Longhitano, ha cercato d'ammazzarmi. E perciò va gettato in galera».
«Sasà, stammi a sèntiri pirchì la cosa non è accussì semplice. Lo sai che io a nome tuo mi sono costituito parte civile?».
«No, ma mi pare giusto. Hai fatto beni. Col culo a terra lo dobbiamo mandare a Pippo Genuardi. Che avvocato pigliasti? Costa caro?».
«Non ci costa manco una lira. Lo fa a gratis. Si tratta dell'avvocato Rinaldo Rusotto che viene frate all'avvocato Orazio Rusotto che addifende a Pippo Genuardi».
«Capii giusto?».
«Capisti giusto».
«Ma che minchiata è? Quelli fratelli sono! Capace che s'appattano e noi ce la pigliamo nel culo! Chi ti fece il nome di questo Rinaldo Rusotto?».
«Lo vuoi proprio sapìri? Don Lollò Longhitano».
«Il commendatore?!».
«È stato lui a dirmi che ci dovevamo costituire parte civile».

«E si mette contro a Pippo Genuardi che mi sparò per conto suo?».
«Don Lollò mi ha spiegato che è tutta una finta, una finta che però deve apparire vera».
«Tu pensa che quest'avvocato non è venuto manco una volta a parlare con mia!».
«Non è venuto pirchì tu, macari se parlavi, dicevi strammarìe. Il professor Mangiaforte, il primario dell'ospitale, ha dichiarato che tu pativi d'amnesia».
«E che minchia è questa mimmisìa?».
«Senti, Sasà, io capisco che tu sei agitato, ma la devi finire di dire parolazze, mi danno fastiddio. L'amnesia viene a dire che pirdisti la memoria».
«Ma se io m'arricordo tutto di tutto!».
«Ti vuoi mettere contro la parola di uno come a Mangiaforte?».
«O Madunnuzza santa, tutti appattati sono!».
«Finalmente ci sei arrivato. Sono tutti appattati, dal processo Pippo Genuardi deve nèsciri assolto. E tu, se mi vuoi beni e ti vuoi beni, devi fare ancora una cosa».
«Che vogliono?».
«Devi scrivere una littra che poi ti dico».
«E se non la scrivo?».
«Sasà, ti si stanno incollando le ossa?».
«Appena appena».
«Don Lollò Longhitano questo m'ha detto. Sappia che se Sasà non scrive la littra, io mando qualcuno all'ospitale e gli faccio nuovamente scollare una a una le ossa. Tanto non si può più cataminare, non può saltare da una casa all'altra come un grillo, sappiamo do-

ve trovarlo. Preciso accussì mi disse. E a mia disse un'altra cosa».
«Che ti disse, frate mio?».
«Che mi consumava la carriera in Prefettura. Dicendo a tutti di mia e di Tano Pùrpura».
«E che c'è da dire? Tu e Tano siete amici da sempri, da quinnici anni vivete nella stessa casa per sparagnare... Che può dire, di male?».
«Può dire, come mi ha amminazzato, che Tano e io siamo mogliere e marito».
«Ma non c'è nisciuno al mondo che può pinsàri una cosa simile di tia e di Tano!».
«Sasà, ho poco tempo. Non solo don Lollò lo pensa, ma può dirlo. Ha in mano un biglietto. Un biglietto che Tano mi scrisse».
«Ah. Ho capito. Mi dici che devo dire nella littra?».

C

(*Presidente-Avvocato Rinaldo Rusotto*)

«La parola all'avvocato Rinaldo Rusotto, rappresentante del ragionier Rosario La Ferlita costituitosi Parte Civile».

«Grazie. Signor Presidente, Signori della Corte! Sarò brevissimo. Non ho che da dare lettura di questa dichiarazione del mio assistito, ragionier Rosario La Ferlita, dettata al notaro Cataldo Rizzopinna e che chiedo sia alligata agli atti:

«"Tornatami, per Grazia del Signore, ieri la memoria così a lungo persa, mi precipito ad affermare che la mattina dell'incidente occorsomi avevo un appuntamento d'affari col signor Galvaruso Amilcare. Essendo in ritardo, sortii di corsa dal portone e quasi immediatamente inciampai cadendo. Di quello che seguì, ricordo solamente il cavallo imbizzarrito che mi veniva addosso. Magari avessi visto il mio amico Pippo Genuardi! Sarei corso tra le sue braccia e non sarebbe capitato quello che è capitato a

lui e a me. Questo per la verità. In fede, Rosario La Ferlita".
«Che altro aggiungere, Signori? Noi, dopo quanto abbiamo letto, ritiriamo la costituzione di Parte Civile. Grazie».

D

(*Calogerino-Commendatore Longhitano*)

«Don Lollò, tornò Pippo Genuardi. Tutti, in paìsi, ci stanno facendo festa granni, chi se l'abbrazza, chi se lo vasa...».
«Calogerino, stammi a sèntiri. Tu, domani a matino, appena Pippo Genuardi rapre il magazzeno di legnami, trasi e...».
«... ci sparo».
«Calogerì, tu a Genuardi non gli spari né domani matina né in qualisisiasi altro giorno. Salvo occorrenza, naturalmente».
«Don Lollò, questo grannissimo figlio di buttana la testa mi ruppe!».
«Calogerì, Genuardi con la rompitina delle corna tue non c'entra una minchia. La colpa è stata di Sasà La Ferlita. Ma se tu ti vuoi sfogare, una sera di queste, alla scordatina però, se a Pippo l'incontri a solo, gli dai una fracchiata di legnate da levare u pilo. Ti desi il primisso. D'accordo? Dunque, domani a matino trasi nel

magazzeno di Pippo sorridendo... Fammi vidìri come sorridi, Calogerì».
«Va beni accussì?».
«Ma non puoi sorridere meglio?».
«Meglio non posso se penso a Pippo, don Lollò».
«Va bene, contentiamoci. Ti ci avvicini aducato e ci dici: "Bongiorno, signor Genuardi. Don Lollò le manda a dire che è contento che lei si trova in libertà". E poi gli consegni queste littre. Una è degli eredi Zappalà, l'altra è di Lopresti, quello che abìta a Nuovaiorca, che della cosa si è interessato un mio amico che sta negli Stati. Doppo che gli hai dato le littre, gli fai: "Don Lollò dice che ora siete pari e patta". Giri le spalle e te ne nesci».
«Come pari e patta, don Lollò? Se Genuardi a Sasà manco arriniscì ad ammazzarlo?».
«E chi te lo disse che lo doveva ammazzare? L'accordo era che gli sparasse alle gambe. E l'ha fatto».

E

(*Pippo-Taninè*)

«Che matinata! Che matinata, Taninè! Mi viene di ballare per la contintizza!».

«Sì, Pippù, intanto mangia e contami tutto».

«Stamani presto mi consegnarono due littre... passami il sale... Una veniva da Nuovaiorca e l'altra era degli eredi Zappalà. Mi danno la liberatoria, Taninè! Ora posso fare la palificazione per la linea telefonica con tuo patre!».

«Ma come fu che si persuasero?».

«Mah! Forsi pirchì mi feci la galera 'nnuccenti. E allora hanno provato compassione, và a sapìri!».

«Senti, levami una curiosità. Quanto ti costò l'avvocato Rusotto? Certo che è stato bravo».

«Rusotto? La vuoi sapere una cosa? Rusotto non mi costò nenti. Quando io gli spiai: "Avvocato, che cosa le devo per il suo disturbo?", lo sai che m'arrisponnì? "Io sono contro l'ingiustizia. E perciò gli innocenti li difendo a gratis"».

«Un santo è. Pippuzzo, ora dobbiamo pinsàri come dobbiamo spiare a mio patri i soldi per la linea del tilèfono».
«Non m'abbisognano i soldi di tuo patre, Taninè. Stamatina stessa s'è apprisentato in magazzeno il rappresentante della "Fondiaria Assicurazioni". M'ha detto che mi pagheranno il danno del quatriciclo entro una mesata al massimo».
«Signiruzzo ti ringrazio!».
«Taninè, ti volevo dire che dopo a domani parto per Fela. Ripiglio i miei affari alla grande, Taninè. Ancora stamatina m'è arrivato un tiligramma della ditta Sparapiano. Dice che il lignami ordinato è in viaggio. Girò la ruota, Taninè! Ora il vento ce l'ho a poppa!».
«Senti, Pippù, posso invitare stasira a me patre a venire a mangiari qua con noi? È solo, pirchì so' mogliere Lillina è partita stamatina per Fela».
«Taninè, che domande! piacere mi fa. Invitalo. Però...».
«Però che, Pippù?».
«Non ce lo dire a tuo patre che macari io vado a Fela. Capace che mi dà qualche incarrico, lo sai com'è fatto tuo patre, è camurrioso, appena uno dice che deve andare in un posto, lui attacca: dato che ti trovi là, fammi un favore, portami questo, fammi quello. E io di tempo ne ho picca, picca assai».
«Ragione hai. Senti, Pippù, torni subito in magazzeno?».
«No. Un due orate d'arriposo ce l'avrei».
«Allora faccio i piatti e poi vengo».

«Taninè, facciamo arriversa. Prima vieni con me e doppo fai i piatti».

...

«Maria Maria Maria sì sì sì sì Maria Maria morta sugnu...».

...

«Alla spajacarretto, Taninè!».

«Sì sì sì sì sì Maria Maria Maria sìsìsì morta sugnu...».

...

«Ad astutacannìla, Taninè!».

«Morta sugnu Maria Maria Maria Maria sì sì sì sì...».

...

«Alla socialista, Taninè!».

«Aspetta ca m'assistemo. Accussì. Maria chi mali! Chi mali! Maria chi... Sì. Sì. Sì. Sì. Sìsìsìsìsìsìsìsìsìsìsì. Morta sugnu...».

Cose scritte e cose dette

(Modello 169)

Il Ministro Segretario di Stato

PER LE POSTE ED I TELEGRAFI

Veduta la domanda del Sig. Filippo Genuardi
per la concessione di una linea telefonica ad uso privato;
Veduto il deposito cauzionale di lire Venti fatto presso la Cassa
depositi e prestiti n° 98
in data 20 Giugno 1892 Tesoreria di Montelusa
Veduta la Legge 1 aprile 1891 N° 184 ed il Regolamento per la
esecuzione della medesima, approvato col R. Decreto del 25
aprile stesso anno N° 288

Decreta

Articolo 1° Al Sign. Filippo Genuardi è data la concessione
di una linea telefonica ad uso privato di lunghezza non superiore
a tre chilometri per collegare il suo magazzeno con l'abitazione del
Sign. Emanuele Schilirò, suo suocero, in Vigàta, provincia di
Montelusa.
Articolo 2° La concessione è data per anni cinque con decorrenza
dalla data del presente Decreto ed è soggetta alla piena osservanza
delle disposizioni contenute nella Legge e nel Regolamento
sopra citati.

Articolo 3° Il canone annuo di concessione è stabilito in lire Venti e sarà imputato al Capitolo 37 del Bilancio dell'entrata dell'esercizio del corrente anno ed a quello corrispondente degli anni successivi.

Articolo 4° La concessione è data a tutto rischio del concessionario. Il Governo non è soggetto ad alcuna responsabilità per la costruzione, la manutenzione della linea e l'esercizio della concessione; le indennità per gli appoggi e la servitù, o per qualsiasi altro motivo, sono a carico del concessionario.

Il presente Decreto sarà registrato alla Corte dei Conti.

Roma, lì 30 giugno 1892

Il Ministro
Sini

Registrato alla Corte dei Conti
addì 4 Luglio 1892
Registro 677 Entrate F° 398
(G. Cappiello)

(Personale)

Al Signor
Emanuele Schilirò
Vigàta

Messina li 18 luglio 1892

Signor Schilirò,
spero che questa mia le giunga lo stesso malgrado che io in questo momento non abbia a mente il suo preciso indirizzo. La lettera che sta principiando a leggere l'ho imbucata a Messina (potrà controllare col timbro postale sulla busta), pochi minuti prima che parta il ferribotto che mi porterà in continente, dove ho trovato lavoro in una città che non dico e che non conoscerà mai nessuno, manco mio fratello.
In Sicilia non tornerò mai più, nemmeno dintra un tabuto.
Avrei potuto scriverle questa lettera in forma anonima, ma ho preferito alla fine metterci tanto di firma perché così lei possa farsi convinto che racconto la verità.
Le dico subito che agisco per vendetta contro quel delinquente di suo genero Pippo Genuardi che mi ha sparato lasciandomi zoppo per tutta la vita.

Filippo Genuardi è un traditore dell'amicizia. Egli, per basso interesse, si è venduto al commendatore Calogero Longhitano, don Lollò, il maffioso capo della «Mano fraterna». Dato che io avevo fatto uno sgarro al fratello di don Lollò, questi si era messo in testa di farmela pagare cara. Io sono scappato da Vigàta e sono andato a Palermo, ma suo genero, ogni volta ch'ero obbligato a cangiare di casa, si affrettava a fornire al commendatore il nuovo indirizzo e io mi sentivo come la lepre assicutata dal cane. Gli uomini di don Lollò non ce l'hanno fatta a pigliarmi e allora hanno fatto provare a lui. E ci è riuscito.
Quindi, ripeto, questa mia lettera vuole essere una vendetta.
Come vede, sono sincero.
Come lei saprà, eravamo amici, io e Pippo; ci confidavamo reciprocamente ogni cosa.
E così, un giorno di almeno due anni fa, Pippo mi disse, facendomi giurare il segreto, che si era fottuto la signora Lillina, sua moglie.
Erano soli nella villa che lei ha fòra Vigàta, non c'era manco la cammarera e senza sapere come s'erano trovati nudi sopra un letto.
Ridendo e scherzando, mi contò tutti i particolari, tutti i dettagli.
Tornarono a fare all'amore altre due volte, sempre nella sua villa, approfittando dei momenti in cui nessuno stava in casa. E magari di queste due volte mi contò tutto dilungandosi, dato che, come mi disse, co-

minciava a conoscere meglio quello che a Lillina piaceva di fare nel letto.
Lei è padronissimo di non credermi, ma io gli dissi di lasciar perdere la storia, perché la cosa poteva diventare tanto pericolosa da far succedere un botto.
Lui ribatté ch'era d'accordo sulla pericolosità, però non ce la faceva a rompere, non ci pensava, anzi mi disse testualmente: «quella fìmmina mi trasì nel sangue».
E della signora Lillina non mi parlò più, tanto che a un certo punto pensai che avesse seguito il mio consiglio tagliando.
Un giorno glielo spiai direttamente: «Hai troncato con la signora?». «No». «E perché non me ne parli più?». «Perché ci siamo innamorati, è diventata una cosa seria. Io senza Lillina non campo». «E come fate per vedervi?».
Mi spiegò che avevano trovato un sistema sicuro. La signora Lillina, una o due volte al mese, diceva a lei che voleva andare a Fela a trovare i suoi genitori. E magari Pippo partiva per Fela, qualche giorno prima o dopo, perché la coincidenza non fosse chiara. A Fela, con la complicità della sorella di Lillina, riuscivano a passare interi pomeriggi in una casa di campagna.
Questo è quanto. E lo sa, a mio giudizio, perché vuole la linea telefonica con la sua casa? Per poter liberamente parlare con sua moglie e stabilire meglio gli incontri.
E perché lei mi creda fino in fondo: la signora Lillina non ha una voglia a forma di cuore proprio sopra l'osso sacro?

Rosario La Ferlita

A

(*Lillina-Taninè*)

«Lillina, appena m'hai mandata a chiamare ho lasciato perdere tutto e mi sono fatta una corsa. Che fu? Che successe? Hai una faccia da fare spavento!».
«Ah, Taninè mia, che nottata che passai! Che scanto!».
«E pirchì ti scantasti?».
«Per tuo patre, Taninè! Per mio marito!».
«Che si sentì male? Lo chiamasti il dottore?».
«Taninè, non è cosa di malatìa. Aieri a sira tuo patre tornò a la casa all'ora di mangiari, come fa sempri. Invece di salutarmi con una vasata, manco mi taliò in faccia e s'inserrò nello studdio, chiudendosi a chiave. Io non sapiva che fare. Doppo tanticchia mi feci coraggio e, da darrè la porta, ci dissi che il mangiare era pronto. Non mi arrisponnì. Pinsando che non m'avesse sentito, ci lo ripetei. E sai che mi disse me' marito in risposta? "Non mi scassare la minchia", mi disse».
«U papà!?!».

«Sissignore, lui. Tanto che mi parse in un primo momento d'avere inteso malamente».
«E doppo?».
«Io, offìsa, m'assittai a tavola, ma non potei mangiare, mi sentivo lo stomaco chiuso. E tutto 'nzèmmula dintra lo studdio si scatenò l'iradiddio. To' patre santiava, biastemiava, faceva voci».
«U papà?!?!».
«Non solo, ma cominciarono le rumorate, cose che cadevano, cose che si rompevano, carte strazzate... Mi misi a trimàre per lo scanto, sudavo tutta. Che gli pigliò?, m'addimandavo. Poi si fece silenzio. Doppo, trac trac la chiave nella toppa, la porta si raprì quanto bastava perché di tuo patre spuntasse la testa. Pareva un pazzo, i capiddri dritti, gli occhi sbarracati. Voleva la cammarera. Ce la mandai e si fece conzare una branda nello studdio. A questo punto m'arribbillai. "Pirchì non vuoi dormìri con mia?" ci spiai alterata. "Sono troppo nirbuso, ti posso dare fastiddio". Io, per tutta la nottata, non arrinescii a chiudere occhio, mi voltavo e mi rivoltavo. Stamatina, la cammarera mi disse che era nisciuto da casa alla solita ora, alle sette e mezza e pareva calmo».
«Lillina, ma per caso ce l'aveva con te?».
«Con mia? E pirchì? No, non mi parse che fosse arrabbiato per colpa mia».
«Lillina, stai calma. Lo vedi, stamatina è nisciuto da casa per il solito travaglio, la cammarera t'ha detto ch'era calmo. Gli passò. Dev'essere stato un dispiacere d'affari, qualcosa gli sarà andata di traverso. Lo sai com'è

fatto, no? T'arricordi quella volta come s'arrabbiò quanno Pippo si voleva accattare il quatriciclo? Pareva pigliato dal diavolo. E doppo manco mezza giornata gli passò. Vedrai che stasira, quanno torna, t'addimanda scusa».

«Accussì dici, Taninè?».

«Accussì dico, Lillina».

B

(*Pulitanò-Pippo-Don Nenè*)

«Signor Genuardi, tutto a posto! In venti giorni, tutto fatto! Se lei è comodo, possiamo fare il collaudo».
«A quest'ora? Io stavo chiudendo il magazzeno...».
«Ma ci vuole un minuto!».
«E poi vede, è già sera, magari a casa di mio suocero stanno mangiando, non vorrei disturbare...».
«Signor Genuardi, il fatto è che io vorrei pigliare l'ultimo treno per Palermo. Domani a matino ho un appuntamento importante in ufficio».
«E va bene, facciamo questo collaudo».
«Stia a taliare. Bisogna prima sollevare il ricevitore dalla forcella e portarlo all'orecchio, mentre con l'altra mano si fa girare tre, quattro volte la manovella. Si ricordi che bisogna parlare a voce tanticchia alta con la bocca quasi incollata alla cornetta. Stanno rispondendo, si metta con la faccia vicina alla mia così ascolta anche lei. Pronto?».
«Pronto».

«È il signor Schilirò?».
«Sì».
«Sto collaudando la linea, signor Schilirò. Mi sente forte e chiaro?».
«Sì».
«Anch'io. Senta, signor Schilirò dovrebbe farmi un favore. Riattaccare e richiamare qua, nel magazzeno di suo genero. Voglio provare la ricezione, signor Genuardi. Ecco, sente? Suona. Pronto?».
«Pronto».
«Funziona benissimo. Vuole parlare con suo genero, signor Schilirò?».
«No».
«Allora va bene così, buona sera. Signor Genuardi, da questo momento in poi la linea telefonica è a sua disposizione. Io la ringrazio per tutte le cortesie...».
«Geometra Pulitanò, che fa? Scappa? Prima ci andiamo a fare una gran mangiata di pesce freschissimo. Il tempo per poi pigliare l'ultimo treno c'è».

C

(*Caluzzè-Pippo-Lillina*)

«Caluzzè, alla stazione devi andare, e di corsa. Stamatina arriva il carrico di legnami della ditta Sparapiano».
«Io?! Ma se alla stazione c'è andato sempri vossia!».
«E stamatina ci vai tu. Talìa se i carretti che abbiamo impegnato ci sono tutti. Sono quinnici, dovrebbero abbastare. Li fai carricare di lignami e li fai venire qua, in magazzeno».
«Come vuole vossia, don Pippù».
«Ah, senti, ora che te ne vai, tirati il portone».
«E comu? E se viene qualcuno che vuole parlari con vossia, trova il portone del magazzeno serrato?».
«Caluzzè, io devo fare una cosa importante. Il portone doppo lo riapro io».
«Va beni, don Pippù».
...
«E che fa, non funziona? Cristo, pirchì non arrisponde nisciuno? Vuoi vedere che questo minchia di telefo-

no è già scassato prima ancora di cominciare a funzionare? Ah, ecco, finalmenti! Pronto, pronto! Lillina, tu sei?».
«Pronto».
«Pronto! Lillina! Io sono, Pippo!».
«Ah, tu sei, Pippo mio?».
«Io sono, Lillinuzza beddra, Lillinuzza adorata!».
«Oh matri santa! Le gambe mi tremano! Pippuzzo mio, cori di lu mio cori, tu sei? Ah da quanno spasimavo questo momento, di potere assentire la tua voce!».
«Che bello che bello che bello! Che invenzione che è questo telefono! Dimmi accussì: Pippo mio, ti amo».
«Pippo mio, ti amo».
«Da quand'è che niscì il cornuto?».
«Da un'orata».
«E la cammarera?».
«Da mezzorata».
«Stamatina allora non c'è tempo per poterci vedere. Amore mio, ho fatto mettere il telefono non solo per poterci parlare quando il cornuto non è in casa, ma macari per metterci d'accordo meglio per vederci quasi tutti i giorni».
«Davero dici? E comu?».
«Accussì, stammi a sèntiri. Il cornuto nesci di casa la matina alle sette e mezzo, vero?».
«Ci puoi puntare il ralogio».
«E tu mandi la cammarera a fari la spisa verso le otto, giusto?».
«Sì».
«Bene. Domani, a matino, appena la cammarera è ni-

sciuta di casa per vinìri in paìsi, tu mi chiami al telefono e mi dici che la via è libera. Io piglio il cavallo e in dieci minuti arrivo, abbiamo almeno due ore a disposizione. Accussì ti posso finalmente abbrazzare, vasare tutta, sopra la vucca, sopra le minne, sopra la panza, in mezzo alle cosce...».

«No, no, Pippù, che mi sento squagliare tutta...».

«Aspetta un attimo, Lillinè, ho sentito una rumorata. Vado a vedere, tu aspetta all'apparecchio... Chi è là? C'è qualcuno? Chi è? Ah, vossia è? Buongiorno. Talè che cosa curiosa, io la stavo ora cercando a casa e inveci vossia era venuto qua! Stavo appunto spiando alla signora Lillina... Oddio, che? Che vuole fari? No, per carità, no, no...».

«Pippo? Pippo? O matre santa, che succede? Che fu questo botto? Pippo, Pippo! Che fu? Che fanno, sparano ancora? Pippo! Pippo!».

D

(*Appuntato Licalzi-Tenente Lanza-Scocca*)

«Licalzi, perdio! Si entra senza bussare?».
«Mi perdoni, signor Tenente. Ma è successa una cosa incredibile! Altrimenti non mi sarei mai permesso...».
«Ditemi».
«Lei mi ha ordinato di passare, ogni volta che ne avevo tempo, dalle parti del magazzeno di Genuardi e di vedere chi trasìva, chiedo scusa, chi entrava e chi usciva...».
«Ebbene?».
«Cinque minuti fa mi trovavo proprio vicino al magazzeno e m'è parso di sentire un colpo secco, uno sparo. Mi sono avvicinato di più e questa volta ho sentito un altro sparo, chiaro chiaro. Non ebbi dubbio, sparavano».
«Sei entrato?».
«Signorsì».
«Cos'era successo?».
«Che il suocero del Genuardi aveva sparato al genero e poi si era ammazzato con la stessa arma».

«Oddio, ma che dite?!».
«I morti sono nel magazzeno, signor Tenente. Se vuole, vada a vedere».
«Ma perché l'ha fatto? Forza, qualcuno può intanto entrare e...».
«Stia tranquillo, non trasi nessuno. Ho chiuso io a chiave il portone del magazzeno e la chiave eccola qua».
«Andiamo, non perdiamo altro tempo».
«Mi stia a sentire, signor Tenente. Sono persuaso che nessuno ha sentito sparare. Non c'è prescia. Possiamo fare le cose con comodo».
«Quali cose, Appuntato?».
«Questa è un'occasione d'oro, signor Tenente».
«Non capisco».
«Ora vengo e mi spiego».

«Il Precursore»

Giornale politico quotidiano

Dir. G. Oddo Bonafede 27 luglio 1892

DUE PERSONE DILANIATE DA UNA BOMBA

Ieri mattina, all'incirca alle nove, una forte esplosione è stata avvertita in Vigàta (Montelusa) dagli abitanti della locale via Crispi e ha seminato molto panico. Il Tenente dei RR CC Ilario Lanza-Scocca, che trovavasi a passare nei pressi col graduato Licalzi, prontamente accorreva sul posto.

L'esplosione era avvenuta all'interno del magazzeno di legnami di proprietà del signor Genuardi Filippo, sito al numero 22 di detta via. Penetrati nel magazzeno attraverso la porta scardinata dall'esplosione, il Tenente e il graduato si sono trovati davanti a uno spettacolo terribile. Tra le macerie infatti giacevano i corpi, orrendamente dilaniati, del Genuardi e del di lui suocero, Schilirò Emanuele, di anni 60, noto e stimato commerciante di quella cittadina.

Sulla causa della tragedia non può sussistere dubbio alcuno: si tratta di una bomba di media potenza, inci-

dentalmente scoppiata mentre lo stesso Genuardi la stava confezionando (vicino al suo cadavere sono stati rinvenuti candelotti inesplosi e micce per la confezione di altri ordigni).
La domanda che sorge spontanea è questa: il suocero, Schilirò Emanuele, si è trovato per caso nel magazzeno oppure era un complice del Genuardi, da gran tempo sospettato dalla Tenenza dei RR CC di Vigàta quale pericoloso sovversivo?
Ricordiamo ancora che il Genuardi, qualche tempo fa coinvolto in un oscuro ferimento a Palermo, era stato in precedenza perseguito da due ordini di cattura per attività sovversiva ma era stato sempre stranamente prosciolto.
I RR CC indagano.

«Il Precursore»

Giornale politico quotidiano

Dir. G. Oddo Bonafede 28 luglio 1892

NUOVI PARTICOLARI SULLA BOMBA DI VIGÀTA

La signora Lillina Lo Re, moglie di seconde nozze del signor Emanuele Schilirò, perito ieri assieme al genero Filippo Genuardi per lo scoppio accidentale di una bomba nel magazzeno di legnami che il Genuardi aveva in Vigàta, ha dichiarato al nostro corrispondente, signor Empedocle Culicchia: «Ieri mattina, di poco passate le otto e mezza, ha squillato il telefono che proprio ieri era stato installato tra il magazzeno del genero di mio marito e la nostra casa. Era il Genuardi che mi domandava notizie del suocero. Da una settimana infatti il povero marito mio era agitato e sconvolto, da non sappiamo che cosa, quasi che presentisse la tragica fine!». Qui la signora si è dovuta interrompere perché strazianti singhiozzi le impedivano di parlare. Faticosamente ripresasi, ha continuato: «Io gli risposi che mio marito, pur non sentendosi ancora bene, era uscito alle sette e mezza come sempre faceva per recarsi al lavoro. Stavo per riattaccare quando sentii parole smozzicate e confuse seguite da due scoppi che mi parvero spari. Preoccupata, mi vestii in fretta e pigliai la strada per Vigàta, dato che la nostra villa si trova in campagna. A un certo punto incontrai Gaetanina, figlia di mio marito e moglie del Genuardi, che veniva a domandare notizie sulla salute del padre. Io le dissi tutto quello che avevo sentito al telefono. Decidemmo di tornare a casa e di provare ancora a telefonare al magazzeno. Non rispose nessuno. Spaventate, corremmo in paese e arrivammo a tragedia avvenuta».

Il Comandante la Tenenza dei RR CC di Vigàta, Ilario Lanza-Scocca, ha avuto la cortesia d'esporre al nostro corrispondente la sua personale opinione sul fatto.

«Quanto dichiarato dalla moglie dello Schilirò risponde a verità. Il signor Schilirò era venuto in qualche modo a sapere dell'attività sovversiva del genero rimanendone sconvolto. Cittadino esemplare, uomo d'ordine, lo Schilirò dovette soffrire come un'onta per sé e per la sua onorata famiglia il fatto che un sovversivo, quale viscida serpe, si fosse infilato tra le sue mura domestiche. E si mise a sorvegliarlo, intimando di fare lo stesso a Calogero Jacono, suo fido, ma che prestava servizio come giovane di magazzeno del Genuardi. Ieri mattina lo Jacono, che aveva avuto l'ordine dal Genuardi di allontanarsi e di chiudere il portone del magazzeno, non ubbidì e lo lasciò aperto permettendo così al povero Schilirò di penetrarvi non visto. E così egli si accorse, con orrore, che il genero stava preparando una bomba! Uscito allo scoperto, minacciò il Genuardi con un revolver ma il bieco individuo l'assalì. Per legittima difesa lo Schilirò dovette far fuoco, poi, reso folle dalla vergo-

gna, rivolse l'arma contro se stesso».
Il nostro corrispondente Empedocle Culicchia ha allora domandato al brillante Ufficiale come spiegava che l'esplosione fosse avvenuta una decina di minuti dopo gli spari.
«Il povero Schilirò» ha spiegato il Tenente Lanza-Scocca «si suicidò convinto d'avere ammazzato sul colpo il Genuardi. Ma questi non era morto (le serpi son dure a morire!) e disperatamente tentò l'occultamento dell'ordigno. In caso di sopravvivenza alla ferita avrebbe potuto accampare cento e una ragioni per la sparatoria, dandone tutta la colpa al suocero. Essendo però gravemente ferito, dovette maneggiare malamente la bomba facendola esplodere. Questo spiega il lasso di tempo tra gli spari e lo scoppio».
Le indagini dei RR CC di Vigàta continuano.

COMANDO GENERALE DELL'ARMA DEI REALI CARABINIERI

Il Comandante Generale per la Sicilia

Al Tenente
Ilario Lanza-Scocca
Tenenza dei Reali Carabinieri
Vigàta

Palermo li 20 agosto 1892

Tenente!
Le comunico che per la sagacia, la tenacia e l'abilità da lei dimostrate nel caso Genuardi riceverà un Encomio Solenne che sarà iscritto nelle sue note caratteristiche.
Dal 1° settembre p.v. lei viene trasferito a Palermo, quale Primo Aiutante alle mie dipendenze.
Lei è veramente un bravo uffiziale.

Il Comandante Generale
(*Carlo Alberto de Saint-Pierre*)

P.S. Le farà sicuramente piacere sapere che il Tenente Gesualdo Lanza-Turò su mia proposta è stato trasferito a Roma e riceverà anche lui un Encomio Solenne.

MINISTERO DELL'INTERNO
DIREZIONE GENERALE DI P.S. – OFFICIO DISCIPLINA

Signor Antonio Spinoso
Delegazione di P.S.
Vigàta

Roma li 20 agosto 1892

Questo Officio Disciplina, in seguito a doglianze e a lagnanze da più parti pervenute circa il suo atteggiamento non collaborante e a tratti anzi ostacolante avverso le indagini promosse dai Reali Carabinieri di Vigàta sul noto sovversivo Genuardi, ritiene incompatibile alla buona armonia che sempre deve presiedere ai rapporti tra Benemerita e Pubblica Sicurezza la sua ulteriore permanenza a Vigàta.
Pertanto lei viene trasferito, quale sottodelegato, a Nughedu (Sardegna).
Lei dovrà raggiungere la sede assegnatale entro e non oltre il 10 settembre p.v.

Il Direttore dell'Officio Disciplina
(*Ispettore Generale Amabile Piro*)

MINISTERO DELL'INTERNO

Il Ministro

Al Grande Ufficiale
Arrigo Monterchi
Questore di Montelusa

Roma li 20 agosto 1892

Signor Questore,
la troppo rigida posizione di contrasto da Lei assunta con S.E. il Prefetto di Montelusa in occasione della vicenda del noto sovversivo Genuardi avrebbe potuto essere considerata normale divergenza tra liberi convincimenti di due Alti Rappresentanti dello Stato se non fosse che Lei ha di gran lunga travalicato i limiti. Le azioni da Lei compiute per sostenere la sua tesi (rivelatasi tra l'altro tragicamente infondata) si sono spinte sino alla sistematica denigrazione di due brillanti Ufficiali dell'Arma dei Carabinieri che erano intenti solo a compiere il loro dovere, ingannando anche il Comandante Generale dell'Arma in Sicilia e facendogli prendere erronei provvedimenti. Non pago di ciò, Lei

ha offerto continua protezione alle poco chiare manovre del Delegato di P.S. di Vigàta, suo sottoposto.
È con rincrescimento che, di concerto con S.E. il Presidente del Consiglio dei Ministri, mi trovo costretto a ritenere del tutto inopportuna la sua ulteriore permanenza a Montelusa.
Entro un mese a far data dal ricevimento della presente, Lei raggiungerà la sua nuova destinazione che è Nuoro (Sardegna).
Spero che Lei, traendo ammaestramento dal recentissimo passato, avrà modo di smussare certi aspetti non propriamente positivi del suo temperamento.

Il Ministro
(firma illeggibile)

E

(*Delegato-Questore*)

«Mi scusi, signor Questore, se vengo a disturbarla a casa. Volevo salutarla, oggi dopopranzo parto».
«Entri, entri, Spinoso. Come vede, anch'io sono in partenza. Lascio Montelusa in anticipo, me ne vado a trascorrere qualche giorno a Sondalo, dalla mia unica figlia che è sposata e vive lì. C'è aria buona».
«Non sapevo che avesse una figlia».
«Se è per questo, ho anche un nipotino di due anni che non ho ancora conosciuto».
«Madonna santa, quanti libri! Ne ha una càmmara piena! Li lascia a Montelusa?».
«Un mio amico di qua provvederà a spedirmeli a Nuoro poco alla volta».
«Signor Questore, la vuole sapere una cosa divertente?».
«Ci sono ancora cose divertenti in questo paese?».
«Questa lo è. Al Ministero non sanno la geografia. Non conoscono dove si trova Nughedu».

«E dove si trova?».
«A pochi chilometri da Nuoro. Sarà ancora lei a comandarmi. E questa per me è una bella consolazione».
«Anche per me. Mi scusi, sta squillando il telefono. Pronto? Sì, sono io. No, non disturba, mi dica. Ah sì? Incredibile! La ringrazio. Passerò poi a salutarvi tutti. Arrivederci. Grazie».
«Io vado, signor Questore».
«Delegato, la vuole sapere una cosa divertente?».
«Ci sono ancora cose divertenti in questo paese?».
«Mi telefonavano dalla Questura. Hanno appena saputo che il Prefetto Marascianno, tornato in servizio, è stato trasferito a Palermo con mansioni di coordinatore dell'operato di tutti i Prefetti dell'isola. Non ride?».
«No, signor Questore. La saluto».
«Che fa? Mi porge la mano? Venga qua, Spinoso. Abbracciamoci».

Camilleri: La Sicilia, così è se vi pare

Una commedia umana sulle tracce di Gogol' e Pirandello

di

Raffaele La Capria

Il testo di Raffaele La Capria è stato pubblicato sul «Corriere della Sera» del 5 maggio 1998 come recensione a questo libro.

Poche volte mi capita di leggere dal principio alla fine un libro, senza poterlo lasciare, con lo stesso divertimento con cui ho letto *La concessione del telefono*, ultimo libro di Andrea Camilleri, un autore che non esito a mettere accanto ai più celebrati tra i nostri. Camilleri appartiene a una categoria molto rara da noi. Mi fa pensare a quel tipo di narratore ipotizzato da Joyce, che se ne sta dietro o accanto alla sua opera, in disparte, a curarsi le unghie. Voglio dire che è un narratore di totale oggettività. L'io narrante, in questo suo libro, scompare, esistono solo il fatto e il linguaggio con cui viene raccontato. Esistono anche i personaggi, è vero, e sono tanti, più di una quarantina, ma sono sovrastati e amalgamati dal loro essere siciliani. Tutti, pur nella loro diversità, calati in uno stesso stampo. Perché il vero personaggio che parla con molte voci da questo libro è la Sicilia, una Sicilia ancora ruspante, di fine secolo. La Sicilia e la mentalità dei siciliani. Ma con che arte, con che souplesse, con quale senso del ritmo e con quale abile polifonia ci viene rappresentata da Andrea Camilleri! Sembra quasi che le sue dita, invece di battere sui tasti della macchina da scrivere, sfiorino con la levità di un pianista i tasti di un pianoforte. Camilleri «suona» la Sicilia, la mentalità di una folla di siciliani e sicilianuzzi, dominata dal sospetto, la finzione, la dissimulazione, dalla complimentosità che nasconde la violenza a mano armata. La minaccia, il ricatto, le corna, l'imbroglio. Ma tutto questo invece di indignarci, suscita in noi una specie di superiore divertimento e un'irresistibile simpatia che viene dal piacere del testo, dal tocco dell'autore, dal fatto che tutto è allontanato nel tempo e tutto è natura, racconto da un punto di vista antropologico. E nasce dal linguaggio inventato in un italiano post-unitario, che si comincia appena a parlare, e a cui ci si sforza di uniformarsi ricadendo sempre nel dialetto originario; un italiano pieno di equivoci verbali, di costrutti improbabili, di frasi storpiate o abbellite da intrusioni di formule burocratiche; un italiano approssimativo ma espressivo, per niente manieristico (come in altri scrittori siciliani), anzi veristico e verosimile ad un tempo, e molto gustoso. È questo il linguaggio delle *Cose dette*.

Il libro infatti si divide in capitoli che raggruppano in modo alterno le *Cose dette* e le *Cose scritte*. Le *Cose dette* sono i dialoghi che avvengono tra i personaggi, dialoghi che sembrano registrati in diretta senza alcun intervento narrativo o didascalico tra una battuta e l'altra. Le *Cose scritte* sono lettere che si scambiano i burocrati dell'isola, prefetti, sottoprefetti, carabinieri, poliziotti, che vertono tutte sulla concessione di una linea telefonica richiesta da tale Pippo Genuardi e che scandiscono la trama aggrovigliata di questo romanzo.

Nei capitoli che riportano le *Cose scritte*, cioè le lettere, anch'esse senza commento e scritte con la stretta necessità delle comunicazioni di servizio, trionfa il linguaggio di quell'Italietta burocratica più contorta, nel pensiero e nel linguaggio, dell'ambiente paesano in cui opera. Il linguaggio di questa burocrazia non ci sarebbe neppure bisogno di inventarselo, lo hanno inventati i burocrati di sempre, ma quando è riportato da Camilleri diventa una mescolanza di meschinità e di vessatoria supponenza veramente esilarante. Ho già detto che l'autore, come nelle narrazioni classiche, non si vede in questo romanzo. Ma si sente che un occhio ironico coglie ogni gesto dei personaggi ed un orecchio altrettanto ironico e attento ad ogni intonazione espressa o sottointesa dei loro dialoghi. È un'ironia che nasce da una partecipazione e da un senso critico davvero eccezionale, ora bonaria ora feroce, che mi ha fatto pensare, nientedimeno, a quella di Gogol' più che a quella di Brancati. È pervasiva, ramificata, avvolgente, sembra nascere dalla forza delle cose e rende la lettura di questo romanzo della sicilianità affascinante, nonostante la triste realtà della società che esso rispecchia. Affascinante anche per la spinta narrativa, così piena di verve e fatta di digressioni, innesti, peripezie, colpi di scena che determinano un andamento rocambolesco, tale da costringere il lettore a proseguire, pagina dopo pagina, trascinato suo malgrado dagli avvenimenti, mentre la trama sempre più si aggroviglia, fino a diventare un modello simbolico della *forma mentis* collettiva di tutti i personaggi.

Ci voleva la consumata esperienza di regista teatrale e televisivo accumulata negli anni da Camilleri per poter riportare nei capitoli delle *Cose dette* quei veri e propri duelli verbali tra i personaggi che affollano il suo libro, i loro capziosi ragionamenti, le loro illazioni sui comportamenti altrui, gli allarmi, le paure: «Faranno le umane e le divine cose per fotterlo... Che fa, piange?». «Certo! Pinsando a questo mio povero genero, pigliato a mezzo tra lo Stato e la maffia...». Ed è questa la situazione in cui viene a trovarsi quel tale Pippo Genuardi alle prese con la burocrazia dello Stato che lo crede un pericoloso sovversivo e con Don Calogero (Lollò), il mafioso, quando chiede la concessione del telefono. Solo nel finale, un finale a sorpresa, con un proiettile piantato nella testa di Pippo, si saprà il perché di quella sua richiesta, che dà l'avvio alla storia. Ma prima di arrivare alla fine cruenta i dialoghi, le *Cose dette* cioè, ci tengono avvinti come spettatori di uno straordinario teatro naturale dove i personaggi si parlano così: «Signoruzzo mio!» e «Che fa, babbìa?» (balbetta, tergiversa). «Dicisti una farfantaria» (una sciocchezza). «La trovo un fiore» (detto a un omaccione). «Mi cade la faccia a terra al pinsèro che l'ho fatta scommodare». Minacce orrende affiorano tra complimentose circonlocuzioni verbali: «Io a questo Pippo gli rapro la panza come a una triglia» e questo è il linguaggio di don Lollò, il mafioso, e non solo il suo. E il prete in confessione ricorda a Taninè, la fresca sposa di Pippo: «Non lo fo per piacer mio ma per dare un figlio a Dio». E lei gli risponde: «A mia mi piace». «Devi fare in modo che non ti piace! Taninè, ci vogliamo giocare l'anima? Provare piaciri non è cosa di fìmmina onesta!»...

Non meno espressivi dei parlanti sono gli scriventi, i burocrati statali che si scambiano lettere con sostantivi ed aggettivi come: «È un truismo che l'aggregazione di vagabondi sobillatori possa essere ultronea»... E in effetti il linguaggio dei prefetti, sottoprefetti, carabinieri, poliziotti avvocati e commendatori è pur esso intriso di follia quanto quello dei ragionieri, commercianti, piccoli proprietari, lumpen borghesucci e di gran parte della popolazione di questo libro. E non vi è mai compiacimento né leziosità nello stile mimetico dell'autore. Per concludere io credo che il romanzo italiano contemporaneo abbia in Andrea Camilleri uno dei suoi rappresentanti più notevoli ed originali, per la sua capacità di dominare con un colpo d'occhio tutta la commedia umana della sua Sicilia senza mai scadere nel bozzetto e nel costume; per le trame che sa far proliferare nel racconto mantenendo sempre la stessa tensione narrativa; per la implicita e mai superficiale critica sociale che si nasconde dietro le sue «storie naturali». Si cominci a leggere questo suo romanzo semiepistolare per convincersene e sono sicuro che dopo averlo letto si cercheranno gli altri romanzi da lui scritti, soprattutto quelli legati a quest'ultimo, che si svolgono ognuno nello stesso paesino di Vigàta, nella Sicilia fine Ottocento, dando vita a una vera e propria saga isolana. E non si dimentichi che Camilleri è nato a Porto Empedocle, in zona Pirandello.

RAFFAELE LA CAPRIA

Indice

La concessione del telefono

Questo volume è stato stampato
su carta Palatina
delle Cartiere di Fabriano
nel mese di marzo 2020

Stampa: Officine Grafiche soc. coop., Palermo

Legatura: LE.I.MA. s.r.l., Palermo

La memoria

Ultimi volumi pubblicati

901 Colin Dexter. Niente vacanze per l'ispettore Morse
902 Francesco M. Cataluccio. L'ambaradan delle quisquiglie
903 Giuseppe Barbera. Conca d'oro
904 Andrea Camilleri. Una voce di notte
905 Giuseppe Scaraffia. I piaceri dei grandi
906 Sergio Valzania. La Bolla d'oro
907 Héctor Abad Faciolince. Trattato di culinaria per donne tristi
908 Mario Giorgianni. La forma della sorte
909 Marco Malvaldi. Milioni di milioni
910 Bill James. Il mattatore
911 Esmahan Aykol, Andrea Camilleri, Gian Mauro Costa, Marco Malvaldi, Antonio Manzini, Francesco Recami. Capodanno in giallo
912 Alicia Giménez-Bartlett. Gli onori di casa
913 Giuseppe Tornatore. La migliore offerta
914 Vincenzo Consolo. Esercizi di cronaca
915 Stanisław Lem. Solaris
916 Antonio Manzini. Pista nera
917 Xiao Bai. Intrigo a Shanghai
918 Ben Pastor. Il cielo di stagno
919 Andrea Camilleri. La rivoluzione della luna
920 Colin Dexter. L'ispettore Morse e le morti di Jericho
921 Paolo Di Stefano. Giallo d'Avola
922 Francesco M. Cataluccio. La memoria degli Uffizi
923 Alan Bradley. Aringhe rosse senza mostarda
924 Davide Enia. maggio '43
925 Andrea Molesini. La primavera del lupo
926 Eugenio Baroncelli. Pagine bianche. 55 libri che non ho scritto
927 Roberto Mazzucco. I sicari di Trastevere

928 Ignazio Buttitta. La peddi nova
929 Andrea Camilleri. Un covo di vipere
930 Lawrence Block. Un'altra notte a Brooklyn
931 Francesco Recami. Il segreto di Angela
932 Andrea Camilleri, Gian Mauro Costa, Alicia Giménez-Bartlett, Marco Malvaldi, Antonio Manzini, Francesco Recami. Ferragosto in giallo
933 Alicia Giménez-Bartlett. Segreta Penelope
934 Bill James. Tip Top
935 Davide Camarrone. L'ultima indagine del Commissario
936 Storie della Resistenza
937 John Glassco. Memorie di Montparnasse
938 Marco Malvaldi. Argento vivo
939 Andrea Camilleri. La banda Sacco
940 Ben Pastor. Luna bugiarda
941 Santo Piazzese. Blues di mezz'autunno
942 Alan Bradley. Il Natale di Flavia de Luce
943 Margaret Doody. Aristotele nel regno di Alessandro
944 Maurizio de Giovanni, Alicia Giménez-Bartlett, Bill James, Marco Malvaldi, Antonio Manzini, Francesco Recami. Regalo di Natale
945 Anthony Trollope. Orley Farm
946 Adriano Sofri. Machiavelli, Tupac e la Principessa
947 Antonio Manzini. La costola di Adamo
948 Lorenza Mazzetti. Diario londinese
949 Gian Mauro Costa, Alicia Giménez-Bartlett, Marco Malvaldi, Antonio Manzini, Francesco Recami. Carnevale in giallo
950 Marco Steiner. Il corvo di pietra
951 Colin Dexter. Il mistero del terzo miglio
952 Jennifer Worth. Chiamate la levatrice
953 Andrea Camilleri. Inseguendo un'ombra
954 Nicola Fantini, Laura Pariani. Nostra Signora degli scorpioni
955 Davide Camarrone. Lampaduza
956 José Roman. Chez Maxim's. Ricordi di un fattorino
957 Luciano Canfora. 1914
958 Alessandro Robecchi. Questa non è una canzone d'amore
959 Gian Mauro Costa. L'ultima scommessa
960 Giorgio Fontana. Morte di un uomo felice
961 Andrea Molesini. Presagio
962 La partita di pallone. Storie di calcio
963 Andrea Camilleri. La piramide di fango

964 Beda Romano. Il ragazzo di Erfurt
965 Anthony Trollope. Il Primo Ministro
966 Francesco Recami. Il caso Kakoiannis-Sforza
967 Alan Bradley. A spasso tra le tombe
968 Claudio Coletta. Amstel blues
969 Alicia Giménez-Bartlett, Marco Malvaldi, Antonio Manzini, Francesco Recami, Alessandro Robecchi, Gaetano Savatteri. Vacanze in giallo
970 Carlo Flamigni. La compagnia di Ramazzotto
971 Alicia Giménez-Bartlett. Dove nessuno ti troverà
972 Colin Dexter. Il segreto della camera 3
973 Adriano Sofri. Reagì Mauro Rostagno sorridendo
974 Augusto De Angelis. Il canotto insanguinato
975 Esmahan Aykol. Tango a Istanbul
976 Josefina Aldecoa. Storia di una maestra
977 Marco Malvaldi. Il telefono senza fili
978 Franco Lorenzoni. I bambini pensano grande
979 Eugenio Baroncelli. Gli incantevoli scarti. Cento romanzi di cento parole
980 Andrea Camilleri. Morte in mare aperto e altre indagini del giovane Montalbano
981 Ben Pastor. La strada per Itaca
982 Esmahan Aykol, Alan Bradley, Gian Mauro Costa, Maurizio de Giovanni, Nicola Fantini e Laura Pariani, Alicia Giménez-Bartlett, Francesco Recami. La scuola in giallo
983 Antonio Manzini. Non è stagione
984 Antoine de Saint-Exupéry. Il Piccolo Principe
985 Martin Suter. Allmen e le dalie
986 Piero Violante. Swinging Palermo
987 Marco Balzano, Francesco M. Cataluccio, Neige De Benedetti, Paolo Di Stefano, Giorgio Fontana, Helena Janeczek. Milano
988 Colin Dexter. La fanciulla è morta
989 Manuel Vázquez Montalbán. Galíndez
990 Federico Maria Sardelli. L'affare Vivaldi
991 Alessandro Robecchi. Dove sei stanotte
992 Nicola Fantini e Laura Pariani, Marco Malvaldi, Dominique Manotti, Antonio Manzini, Francesco Recami, Gaetano Savatteri. La crisi in giallo
993 Jennifer. Worth. Tra le vite di Londra
994 Hai voluto la bicicletta. Il piacere della fatica

995 Alan Bradley. Un segreto per Flavia de Luce
996 Giampaolo Simi. Cosa resta di noi
997 Alessandro Barbero. Il divano di Istanbul
998 Scott Spencer. Un amore senza fine
999 Antonio Tabucchi. La nostalgia del possibile
1000 La memoria di Elvira
1001 Andrea Camilleri. La giostra degli scambi
1002 Enrico Deaglio. Storia vera e terribile tra Sicilia e America
1003 Francesco Recami. L'uomo con la valigia
1004 Fabio Stassi. Fumisteria
1005 Alicia Giménez-Bartlett, Marco Malvaldi, Antonio Manzini, Santo Piazzese, Francesco Recami, Gaetano Savatteri. Turisti in giallo
1006 Bill James. Un taglio radicale
1007 Alexander Langer. Il viaggiatore leggero. Scritti 1961-1995
1008 Antonio Manzini. Era di maggio
1009 Alicia Giménez-Bartlett. Sei casi per Petra Delicado
1010 Ben Pastor. Kaputt Mundi
1011 Nino Vetri. Il Michelangelo
1012 Andrea Camilleri. Le vichinghe volanti e altre storie d'amore a Vigàta
1013 Elvio Fassone. Fine pena: ora
1014 Dominique Manotti. Oro nero
1015 Marco Steiner. Oltremare
1016 Marco Malvaldi. Buchi nella sabbia
1017 Pamela Lyndon Travers. Zia Sass
1018 Giosuè Calaciura, Gianni Di Gregorio, Antonio Manzini, Fabio Stassi, Giordano Tedoldi, Chiara Valerio. Storie dalla città eterna
1019 Giuseppe Tornatore. La corrispondenza
1020 Rudi Assuntino, Wlodek Goldkorn. Il guardiano. Marek Edelman racconta
1021 Antonio Manzini. Cinque indagini romane per Rocco Schiavone
1022 Lodovico Festa. La provvidenza rossa
1023 Giuseppe Scaraffia. Il demone della frivolezza
1024 Colin Dexter. Il gioiello che era nostro
1025 Alessandro Robecchi. Di rabbia e di vento
1026 Yasmina Khadra. L'attentato
1027 Maj Sjöwall, Tomas Ross. La donna che sembrava Greta Garbo
1028 Daria Galateria. L'etichetta alla corte di Versailles. Dizionario dei privilegi nell'età del Re Sole
1029 Marco Balzano. Il figlio del figlio

1030 Marco Malvaldi. La battaglia navale
1031 Fabio Stassi. La lettrice scomparsa
1032 Esmahan Aykol, Gian Mauro Costa, Alicia Giménez-Bartlett, Marco Malvaldi, Antonio Manzini, Francesco Recami, Gaetano Savatteri. Il calcio in giallo
1033 Sergej Dovlatov. Taccuini
1034 Andrea Camilleri. L'altro capo del filo
1035 Francesco Recami. Morte di un ex tappezziere
1036 Alan Bradley. Flavia de Luce e il delitto nel campo dei cetrioli
1037 Manuel Vázquez Montalbán. Io, Franco
1038 Antonio Manzini. 7-7-2007
1039 Luigi Natoli. I Beati Paoli
1040 Gaetano Savatteri. La fabbrica delle stelle
1041 Giorgio Fontana. Un solo paradiso
1042 Dominique Manotti. Il sentiero della speranza
1043 Marco Malvaldi. Sei casi al BarLume
1044 Ben Pastor. I piccoli fuochi
1045 Luciano Canfora. 1956. L'anno spartiacque
1046 Andrea Camilleri. La cappella di famiglia e altre storie di Vigàta
1047 Nicola Fantini, Laura Pariani. Che Guevara aveva un gallo
1048 Colin Dexter. La strada nel bosco
1049 Claudio Coletta. Il manoscritto di Dante
1050 Giosuè Calaciura, Andrea Camilleri, Francesco M. Cataluccio, Alicia Giménez-Bartlett, Antonio Manzini, Francesco Recami, Fabio Stassi. Storie di Natale
1051 Alessandro Robecchi. Torto marcio
1052 Bill James. Uccidimi
1053 Alan Bradley. La morte non è cosa per ragazzine
1054 Émile Zola. Il denaro
1055 Andrea Camilleri. La mossa del cavallo
1056 Francesco Recami. Commedia nera n. 1
1057 Marco Consentino, Domenico Dodaro, Luigi Panella. I fantasmi dell'Impero
1058 Dominique Manotti. Le mani su Parigi
1059 Antonio Manzini. La giostra dei criceti
1060 Gaetano Savatteri. La congiura dei loquaci
1061 Sergio Valzania. Sparta e Atene. Il racconto di una guerra
1062 Heinz Rein. Berlino. Ultimo atto
1063 Honoré de Balzac. Albert Savarus

1064 Alicia Giménez-Bartlett, Marco Malvaldi, Antonio Manzini, Francesco Recami, Alessandro Robecchi, Gaetano Savatteri. Viaggiare in giallo
1065 Fabio Stassi. Angelica e le comete
1066 Andrea Camilleri. La rete di protezione
1067 Ben Pastor. Il morto in piazza
1068 Luigi Natoli. Coriolano della Floresta
1069 Francesco Recami. Sei storie della casa di ringhiera
1070 Giampaolo Simi. La ragazza sbagliata
1071 Alessandro Barbero. Federico il Grande
1072 Colin Dexter. Le figlie di Caino
1073 Antonio Manzini. Pulvis et umbra
1074 Jennifer Worth. Le ultime levatrici dell'East End
1075 Tiberio Mitri. La botta in testa
1076 Francesco Recami. L'errore di Platini
1077 Marco Malvaldi. Negli occhi di chi guarda
1078 Pietro Grossi. Pugni
1079 Edgardo Franzosini. Il mangiatore di carta. Alcuni anni della vita di Johann Ernst Biren
1080 Alan Bradley. Flavia de Luce e il cadavere nel camino
1081 Anthony Trollope. Potete perdonarla?
1082 Andrea Camilleri. Un mese con Montalbano
1083 Emilio Isgrò. Autocurriculum
1084 Cyril Hare. Un delitto inglese
1085 Simonetta Agnello Hornby, Esmahan Aykol, Andrea Camilleri, Gian Mauro Costa, Alicia Giménez-Bartlett, Marco Malvaldi, Antonio Manzini, Santo Piazzese, Francesco Recami, Alessandro Robecchi, Gaetano Savatteri, Fabio Stassi. Un anno in giallo
1086 Alessandro Robecchi. Follia maggiore
1087 S. N. Behrman. Duveen. Il re degli antiquari
1088 Andrea Camilleri. La scomparsa di Patò
1089 Gian Mauro Costa. Stella o croce
1090 Adriano Sofri. Una variazione di Kafka
1091 Giuseppe Tornatore, Massimo De Rita. Leningrado
1092 Alicia Giménez-Bartlett. Mio caro serial killer
1093 Walter Kempowski. Tutto per nulla
1094 Francesco Recami. La clinica Riposo & Pace. Commedia nera n. 2
1095 Margaret Doody. Aristotele e la Casa dei Venti
1096 Antonio Manzini. L'anello mancante. Cinque indagini di Rocco Schiavone

1097 Maria Attanasio. La ragazza di Marsiglia
1098 Duško Popov. Spia contro spia
1099 Fabio Stassi. Ogni coincidenza ha un'anima
1100
1101 Andrea Camilleri. Il metodo Catalanotti
1102 Giampaolo Simi. Come una famiglia
1103 P. T. Barnum. Battaglie e trionfi. Quarant'anni di ricordi
1104 Colin Dexter. La morte mi è vicina
1105 Marco Malvaldi. A bocce ferme
1106 Enrico Deaglio. La zia Irene e l'anarchico Tresca
1107 Len Deighton. SS-GB. I nazisti occupano Londra
1108 Maksim Gor'kij. Lenin, un uomo
1109 Ben Pastor. La notte delle stelle cadenti
1110 Antonio Manzini. Fate il vostro gioco
1111 Andrea Camilleri. Gli arancini di Montalbano
1112 Francesco Recami. Il diario segreto del cuore
1113 Salvatore Silvano Nigro. La funesta docilità
1114 Dominique Manotti. Vite bruciate
1115 Anthony Trollope. Phineas Finn
1116 Martin Suter. Il talento del cuoco
1117 John Julius Norwich. Breve storia della Sicilia
1118 Gaetano Savatteri. Il delitto di Kolymbetra
1119 Roberto Alajmo. Repertorio dei pazzi della città di Palermo
1120 Andrea Camilleri, Gian Mauro Costa, Alicia Giménez-Bartlett, Marco Malvaldi, Dominique Manotti, Santo Piazzese, Francesco Recami, Gaetano Savatteri. Una giornata in giallo
1121 Giosuè Calaciura. Il tram di Natale
1122 Antonio Manzini. Rien ne va plus
1123 Uwe Timm. Un mondo migliore
1124 Franco Lorenzoni. I bambini ci guardano. Una esperienza educativa controvento
1125 Alicia Giménez-Bartlett. Exit
1126 Claudio Coletta. Prima della neve
1127 Alejo Carpentier. Guerra del tempo
1128 Lodovico Festa. La confusione morale
1129 Jenny Erpenbeck. Di passaggio
1130 Alessandro Robecchi. I tempi nuovi
1131 Jane Gardam. Figlio dell'Impero Britannico
1132 Andrea Molesini. Dove un'ombra sconsolata mi cerca
1133 Yokomizo Seishi. Il detective Kindaichi

1134 Ildegarda di Bingen. Cause e cure delle infermità
1135 Graham Greene. Il console onorario
1136 Marco Malvaldi, Glay Ghammouri. Vento in scatola
1137 Andrea Camilleri. Il cuoco dell'Alcyon
1138 Nicola Fantini, Laura Pariani. Arrivederci, signor Čajkovskij
1139 Francesco Recami. L'atroce delitto di via Lurcini. Commedia nera n. 3
1140 Gian Mauro Costa, Marco Malvaldi, Santo Piazzese, Francesco Recami, Alessandro Robecchi, Gaetano Savatteri, Giampaolo Simi, Fabio Stassi. Cinquanta in blu. Otto racconti gialli
1141 Colin Dexter. Il giorno del rimorso
1142 Maurizio de Giovanni. Dodici rose a Settembre
1143 Ben Pastor. La canzone del cavaliere
1144 Tom Stoppard. Rosencrantz e Guildenstern sono morti
1145 Franco Cardini. Lawrence d'Arabia. La vanità e la passione di un eroico perdente
1146 Giampaolo Simi. I giorni del giudizio
1147 Katharina Adler. Ida
1148 Francesco Recami. La verità su Amedeo Consonni
1149 Graham Greene. Il treno per Istanbul
1150 Roberto Alajmo, Maria Attanasio, Giosuè Calaciura, Davide Camarrone, Giorgio Fontana, Alicia Giménez-Bartlett, Antonio Manzini, Andrea Molesini, Uwe Timm. Cinquanta in blu. Storie
1151 Adriano Sofri. Il martire fascista. Una storia equivoca e terribile
1152 Alan Bradley. Il gatto striato miagola tre volte. Un romanzo di Flavia de Luce
1153 Anthony Trollope. Natale a Thompson Hall e altri racconti
1154 Furio Scarpelli. Amori nel fragore della metropoli
1155 Antonio Manzini. Ah l'amore l'amore
1156 Alejo Carpentier. L'arpa e l'ombra
1157 Katharine Burdekin. La notte della svastica
1158 Gian Mauro Costa. Mercato nero
1159 Maria Attanasio. Lo splendore del niente e altre storie
1160 Alessandro Robecchi. I cerchi nell'acqua